ちゃんとわかってる

Izumi Tanizaki
谷崎泉

CHARADE BUNKO

CONTENTS

本作品の内容はすべてフィクションです。
実在の人物、団体、事件などにはいっさい関係ありません。

ちゃんとわかってる

CHARADE BUNKO

東京都東部。再開発が進み、情緒ある下町風情が変わりゆく街に、常盤《ときわ》第二中はある。少子化と、元々、学区の狭間《はざま》に位置していたことが影響し、現在は一学年二クラスという小規模校に、井川彩《いがわさい》が赴任したのは昨年の春だ。二年目の今年は三年生を担当している。

井川は数学科の教諭であり、三年Ａ組の担任、数学科の学科主任、男子テニス部顧問などを兼務している。「など」というのは生徒数に応じて教諭数も多くない常盤第二中では、多くの雑務を分け合って担っているため、いつどんな仕事が回ってくるかわからないからである。

さて。常盤第二中では授業後にも自由参加形式の補習授業が行われている。井川は受験生である三年生の希望者を火曜と金曜に見ている。大半の生徒が進学塾に通ってはいるが、井川の補習授業はある理由から、成績優秀者に評判がよく、参加者も多かった。

ほとんど同じ顔ぶれで行われているその補習に、今週からは新たなメンバーが加わっている。二学期の中間試験の結果から、井川が数人の生徒に補習への参加を強く求めたのだった。

あのさあ…と唇を尖《とが》らせて不平を漏らすのは、井川が担任するＡ組の生徒でもある宇都宮《うつのみや》明依《めい》だ。宇都宮は中間試験の結果が悪く、補習授業への参加を促された口で、井川が作ったプリントをやりたくないとごねている。

「一時間でこれだけやれって、無理でしょ。大体、やる気失《う》せるじゃん。この量。それに数学の補習なんじゃないの？　英語、混じってんだけど」

「英語の牧野《まきの》先生から頼まれたんだ。英語が破壊的な点数だったのはお前もよくわかってるだろう。とにかく、文句を言わずにさっさとやれ。やらないと帰れないぞ」

「強制力ないじゃん。先生なんかに」

ふんとバカにしたような笑みで言う宇都宮を、井川はすっと目を眇《すが》めて見る。すっと切れた眦《まなじり》を歪《ゆが》め、「確かに」と相槌《あいづち》を打つ顔に笑みはない。第二中で一番隙《すき》がない教師として評判の井川に、真っ向から歯向かえる生徒は少ないのだが、宇都宮はその一人だった。

しかし、その宇都宮も所詮《しょせん》子供で、井川に敵《かな》うわけもなく。

「学校や教師に責任を求めるくせに、自由や権利だけを主張して、自分たちに都合の悪い指導は非難する風潮のせいで、こちら側に強制力なんてものは存在しないに近いな。だから、俺たち教師としてはお願いするしかない。お前たちのためだと思って、善意で、勉強してくださいとお願いしてるんだ。三年二学期、期末テストの結果は受験の内申点に大きく影響する。ここが踏ん張りどころだと俺たち教師はプロとしてわかってるから、中間の結果が悪かったお前たちに、こういう場で勉強するように提案させてもらってるんだ。それのどこが悪い？」

「そんなの脅しじゃん。補習に参加しなかったら、成績に影響するぞってことでしょ？」

「影響するだろうな。この場でも文句を言ってるお前が、家で勉強するとは思えないからな」

「勉強なんてできなくても生きていけるし」

「好きなことだけして生きていけるわけじゃないじゃん」

「でも…勉強したからって、好きなことだけで生きていけると、世間を見て思えるか？」

「ああ、その通りだ。だから、お前が今勉強しなきゃいけない理由は、どんなに嫌なことでも取り組めるような我慢強さを身につけなきゃいけないからだと思え」

「だったら、勉強じゃなくてもいいと思うんだけど？」

「じゃ、勉強は嫌じゃないんだな？」

禅問答のような会話を続けているうちに、宇都宮はわけがわからなくなってきて、険相でフリーズした。それを横から、友人の寺本栞奈《てらもとかんな》がフォローする。

「明依ちゃん、やろうよ。そんなに難しい問題じゃないし、やれば終わるよ？」

寺本は成績が悪くて補習参加を求められたのではなく、友人である宇都宮につき合って来ていた。とかく反抗しがちな宇都宮を宥《なだ》める役割を担ってもいて、寺本に穏やかな口調で諭された宇都宮は、しぶしぶシャープペンシルを握る。それを見て内心で溜《た》め息《いき》をついた井川は、宇都宮の斜め左後ろの席で机に突っ伏している男子生徒に鋭い目を向けた。

「真田《さなだ》！　それをやらないと帰れないからな」

井川の声にびくっと身体《からだ》を震わせ、身を起こすのは同じくA組の真田虎河《たいが》である。こちらも成績が悪くて補習に参加している口だが、宇都宮と張る厄介さがあった。

「…あのさあ、俺、高校行かないつもりなんだけど」

「親御《おやご》さんからは進学させたいという意向を聞いている」

「それはさ、あの人、よくわかってないから…言われたらなんでも『はい』って言っちゃうんだよ」

渋い表情で頭を掻《か》く真田は、うんざりしたように脚を投げ出した。机に置かれたプリントの束《たば》をぺらぺらと捲《めく》り、「意味ないし」と呟《つぶや》く。

「意味はある」

「成績なんかどうでもいいんだ。どうせ働くんだし」

「労働をバカにするな。今、ここでこれだけのことをやれと言われて、できない人間が労働現場で役に立つと思うか？」

「働くのならできるよ」

「だったら、働いてるのだと思ってやれ」

「先生、金くれんの？」

「勉強を賃金に値させようと思うのなら、高校に行かなきゃいけないな」

　これまた禅問答になってきて、真田が首を傾《かし》げた時、井川は「先生」と声をかけられた。補習が行われている教室には宇都宮や真田といった、半強制的に参加を求められている者たちの他に、元々自らの意志で来ている者たちがいる。井川に声をかけたのは、元からの補習参加メンバーの曾根勇人《そねはやと》だった。

　曾根は井川から渡されていたプリントを差し出し、「終わりました」と報告する。

「そうか。どうする？　追加もやるか？」

「まだ時間があるので、やります」

　進んで追加のプリントを望む曾根に、井川は用意していた別のプリントを渡した。最初のプリントさえ時間内に終えられる自信のない宇都宮は、またも唇を尖らせ、今度は曾根を攻撃した。

「なんで、曾根まで補習に出てんの？　あんた、いっつも一番じゃん」

「一番だからといって、勉強しなくてもいいわけじゃない。人のことは構わず、さっさと自分のプリントをやれ」

　井川は渋い顔で宇都宮を注意し、曾根に席へ戻るよう、促した。半強制参加組と、自主参加組には学力差もあるため、席を二分してある。宇都宮の横に座る寺本は、そちら側に聞こえないよう、そっと事情を伝えた。

「明依ちゃん。井川先生の補習に参加してるのって、曾根くんだけじゃなく、皆成績上位の子ばっかなんだよ」

「なんで?」

「だって、井川先生、頭いいから」

「あ、そっか。井川、東大だから?」

納得がいったというように頷《うなず》く宇都宮の声は高く、教室内によく響く。井川はじろりと宇都宮を睨《にら》み、「先生をつけろ」と低い声で窘《たしな》めた。

「それが全問正解で終わるまで、帰れないと思えよ。宇都宮」

「ええ? 全問正解? やるだけでいいって言ったじゃん」

「そうは言ってない」

ふんと鼻息つきで返し、宇都宮のブーイングを無視して、曾根が持ってきたプリントの丸つけを始める。井川は補習に参加する生徒一人一人の学力に合わせたプリントを作成しているのだが、曾根のプリントはもっとも難しい内容だった。にも拘《かか》わらず全問正解しているのを見て、宇都宮は羨望《せんぼう》を通り越した憎しみを曾根に覚えるだろうなと思い、心中で溜め息をついた。

補習授業は六時限目終了後から一時間と決まっているのだが、案の定、宇都宮と真田はそれまでに井川が用意したプリントを終えることはできなかった。自主参加組が続々と帰っていく中、教室に残ったのは宇都宮と寺本、真田の三名で、井川は机を並べさせて、根気よく問題を解かせていった。

「マイナスとマイナスはプラスに、マイナスとプラスならマイナスになるんだ。マイナスの方がプラスよりも強いって覚えろ」

「それはわかってるんだけどさ、こういう長い式とかになると、頭の中がごっちゃになるんだって」

「先生、なんでAre you play tennis? で違うわけ? ちゃんと疑問文にしたじゃん。クエスチョンマークだってつけたよ?」

「一般動詞の疑問文にBe動詞を使ってどうする」

「うわ、出た。Be動詞。それ言われると、無理なんだよね。私」

真田は一年生の復習で躓《つまず》いていたが、数学が終わっても英語のできない宇都宮は井川に質問しつつ、頭を抱える。それを見て、真田が余計なことを言う。

「お前、ハーフのくせして英語できないって、どうよ?」

「うるせえ。お前こそ、一年の問題も解けないくせに!」

「Are you playとか言ってる奴が何言ってんだ。Do you playに決まってんだろうが！」

「あ、そうか」

真田から答えを聞けた宇都宮は、すごい剣幕で言い返していたのもころっと忘れ、さっさと解答を問題用紙に書き込む。底辺の争いを呆《あき》れた気分で見ていた井川は時計を見て、寺本に時間はいいのかと確認した。寺本はとうにプリントを終え、宇都宮を待っていた。

「塾の時間とか、あるんじゃないのか」

「あ、大丈夫です。明依ちゃんと帰りたいし」

「そうそう、大丈夫じゃないんだって。琹奈の塾に遅れるんだから。もう帰らせてよ、先生」

寺本の台詞《せりふ》を奪うように身を乗り出して訴える宇都宮を、井川は目を眇めて見る。宇都宮は塾の類《たぐい》に通っていないと聞いている。どうしてお前が関係あるのかと聞く井川に、宇都宮は寺本を塾まで送っていかなきゃいけないからだと言う。

「なんでお前が送る必要があるんだ？」

「いろいろあるんだって」

「言い訳にしか聞こえないな。とにかく、お前がそれをやってしまえばすぐに帰れるんだ。お前が自分で努力しろ」

ケチ！　と仏頂面で言い捨てる宇都宮は不機嫌モード全開で殴り書きする。子供じみた態度の相手をするのにいい加減うんざりしながらも、井川は辛抱強くつき合った。

宇都宮と真田がなんとかプリントを終わらせたのは六時近くになった頃だった。宇都宮と寺本は塾に遅れると言って駆け出し、真田もせいせいした顔で教室を出ていく。一人残った井川は教室の机を元に戻し、戸締まりを点検してから職員室へ向かった。

「お疲れ様です、井川先生」

職員室へ入ろうとしたところで、帰ろうとしていた英語教師である牧野と出会《でくわ》した。宇都宮にやらせたプリントを渡し、問題点を告げる。

「宇都宮はBe動詞と一般動詞の意味がわかっていないようですね。ヒアリング能力はあるようですが、綴《つづ》りとなるとまるで読めないみたいです」

「そうなんです。…井川先生、宇都宮さんにこれを全部やらせたんですか？」

「ぶうぶうと文句を言われました」

「でもすごいです。宇都宮さん、私が何を言ってもやってくれないので…」

助かります…と礼を言い、牧野はプリントを自分の鞄《かばん》へしまう。お先に失礼します…と帰っていく姿にお辞儀をして「お疲れ様でした」と挨拶《あいさつ》した。常磐第二中は生徒数が少ないこともあり、受験のある三年の担任や、責任ある仕事を抱えていない限り、比較的仕事に余裕がある。牧野も担任を持っていないため、六時前後に帰ることが多かった。

しかし、井川が六時台に帰れることは滅多にない。今日も補習につき合っていたせいもあって、他の仕事はちっとも片づいていない。足早に自分の机に戻ると、隣の席にいた三谷《みたに》が声をかけてきた。

「お疲れ様です。遅くまでやってましたね」

「テスト補習組に手間取りまして」

同じ三年のB組担任で、学年主任でもある三谷が労《ねぎら》ってくれるのに、井川は苦笑で答えて椅子《いす》に座った。現在、第二中の三年生は六十三名おり、A組とB組の二クラスがある。限られた生徒数なので、井川も三谷も全員の顔と名前を覚えている。

「宇都宮と真田なんですが、まったくやる気がありません。どうしたものかと考えています」

「まあ、そう気に病まず。今時、放り込める学校はいくらでもありますよ」

軽い口調で言う三谷を井川は複雑な気分で見て、適当な相槌を打った。三谷は井川よりも五つほど年上で、常磐第二中でのキャリアも上だ。昨年、転勤してきた井川は、第二中で三年生を受け持つのは初めてで、経験のある三谷にいろいろと指導を仰いではいるのだが、考え方が根本から違うので、戸惑うことも多かった。

第二中は小規模校で、生徒一人ずつに目を配れる環境が整っていることもあって、進学成績はかなりいい。元々、第二中のある東京都東部地域は公立中学への進学率が高く、優秀な生徒も多く入ってきている。毎年、都立の難関校へ進学する者も多くいて、そのお陰もあって、成績下位の者でも内申点さえあれば進学可能な高校がいくつもある。

「全入時代ですから。どこも定員を埋めたくて必死です。宇都宮と真田に問題があるとすれば、服装と態度ですかね。どこでもおとなしい生徒を好みますから」

そうですね…と相槌を打ちながら、井川はまとめなくていけない報告書を仕上げるためにパソコンを立ち上げた。服装と態度。確かに二人とも反抗的な態度は取るが、まだまだ可愛《かわい》いものだ。服装というのは井川にはよくわからないところで、首を捻《ひね》るしかない。考える井川の横で三谷は帰り支度を始める。

「そろそろ僕は失礼しますが…金曜ですし、どうです？　飯でも行きませんか？」

「すみません。これをやってしまいたいので」

「井川先生は真面目《まじめ》ですよねえ。…じゃ、お先に」

感心というよりも、厭味《いやみ》のように感じられる台詞を受け流し、「お疲れ様でした」と返す。三谷の気配が消えてしまうと、井川は小さな溜め息を漏らしてから、キーボードを叩《たた》き始めた。

教頭の宮崎《みやざき》に施錠したいからと促された井川は、八時少し前に学校を出た。パソコンとプリント類の入った重い鞄を提げ、歩いて自宅マンションへ向かう。昨年、転勤してきた時に借りたマンションは常磐第二中の校区からは外れた、歩いて十五分ほどのところにある。井川は毎日、学校まで歩いて通っていた。

スーパーにもコンビニにも寄らず、まっすぐマンションへ帰り着いた井川は、三階の自室まで階段を使って上がる。井川の部屋は北西の角部屋で、西陽《にしび》が入るものの、風呂場に窓があって換気ができるのを好ましく思って借りた。

部屋の前に着くとチャイムを鳴らす。ほどなくして近づいてくる足音とロックを外す音が聞こえ、ドアが開けられる。

「おかえり」

「ただいま」

中から出てきたのは長身の逞《たくま》しい身体つきをした男だった。頭髪は短く刈られており、陽に灼《や》けた精悍《せいかん》な顔つきからも、肉体労働系の職業に就いているのが想像できる。慣れた様子で井川が手にしている鞄を代わって持ち、微《かす》かに眉《まゆ》をひそめて「重いな」と呟くのは、井川の同居人である大滝《おおたき》だ。

「プリントとパソコンが入ってるからな」

「片手で持つのはバランスが悪い。デイパックにしたらどうだ？」

「肩が凝る。餃子《ぎょうざ》か？」

三和土《たたき》で靴を脱ぎながら確認する井川に大滝は頷く。玄関に入った時点でニラの匂《にお》いがしていた。夕飯が好物の餃子だと知り、井川が頬《ほお》を緩めるのを見た大滝は、笑いながら玄関の鍵《かぎ》を閉めた。

「毎晩、餃子にしてやろうか？」

「それだとありがたみが薄れる。忘れた頃に作ってくれるのがいい」

なるほど…と頷く大滝に、井川は先に風呂へ入ると告げた。二人で暮らす部屋の間取りは2LDKで、一部屋を井川の勉強部屋に、もう一部屋を寝室に使っている。井川は寝室のクローゼットから着替え一式を取り出し、浴室へ向かった。

仕事柄、帰りは大滝の方が早いので、夕飯の支度も風呂を入れるのも任せている。その代わり、出かけるのが大滝よりも遅い井川は、ゴミ出しや部屋の掃除などを担当していた。

身体を洗ってから湯に浸《つ》かり、風呂の栓を抜いて出る。大滝は帰宅するとすぐに風呂に入るから、すでに入り終えている。寝間着も兼ねている部屋着に着替え、浴室を出た井川はスーツをクローゼットに戻してから居間へ向かった。

キッチンの横には二人掛けのテーブルがあり、夕飯の支度が整っていた。メインは餃子で、かぼちゃの煮つけと、ひじきの煮物、バンサンスーが並んでいる。ビールを飲むかと聞かれた井川は頷きながら、椅子を引いて腰掛けた。

「うまそうだな」

「ラー油は？」

「くれ」

　大滝がキッチンから手渡してくれる瓶を受け取り、小皿に取り分ける。缶ビールをグラスに注ぐと、大きなどんぶり飯を手にした大滝が、向かいの椅子に腰を下ろした。大滝は下戸《げこ》で、ビールも飲まない。二人揃《そろ》ったところで手を合わせ「いただきます」と挨拶してから食事を始める。

「思うんだが」

「なんだ」

「二人しか入らないんだし、風呂の湯がもったいなくないか？　残り湯は洗濯に使ったらど
うだろう」

「その話は五年前にも一度したぞ。俺は反対だ」

「そうだったか？」

「した。俺ももったいないとは思うが、生理的に無理だ。諦《あきら》めてくれ」

「わかった」

　大滝は素直に頷き、餃子をご飯にのせてかき込むようにして食べる。一杯目のどんぶりを
あっという間に空にしてしまうと、お代わりをよそいに台所へ立った。

「餃子、まだあるから焼こうか？」

「いや、俺は十分だ。お前が食べるなら焼いたらいい」

大皿に三十個ほどあった餃子は残り五つほどになっている。大滝は冷蔵庫を開け、余分に作った餃子を取り出すと、フライパンで焼き始めた。水を入れ蓋《ふた》をし、火加減を見てから、井川にビールのお代わりはいるかと聞く。

「今はやめておく。片づけたい仕事があるんだ」

「そうか」

「大滝」

「なんだ?」

「何かあったのか?」

大滝は基本、無口な男で、普段は必要なこと以外はほとんど話さない。夕飯も無言のまま終わることの方が多く、今日はかなり能弁だった。餃子だってビールだって、井川がお代わりを望まないというのも知っているはずなのだ。

大滝がこうやって自ら喋《しゃべ》る時は、決まって何かあった時だ。ちらりと台所を窺《うかが》うように見た井川と視線が合うと、大滝は一瞬遅れて首を横に振った。

「……」

怪しい、実に。何かあったに違いないと確信できるが、ここで問い詰めたところで大滝には逆効果だというのも長年の経験でよくわかっている。適度なプレッシャーを与えつつ、向こうから話すよう仕向けるのが一番だと考え、井川はそれ以上は聞かなかった。

餃子とご飯のお代わりを運んできた大滝はそこからは無言で箸《はし》を進めた。井川は大滝が食べ終わるのを待って、後片づけをする。食事の支度は大滝、片づけは井川と、担当を決めている。

食器を洗った後、シンク回りも一通り掃除し、キッチンの電気を消した。大滝は居間のソファに寝転んで漫画を読んでおり、井川はその前に腰を下ろすと、ローテーブルの横に置かれていた鞄を開ける。中から補習に使ったプリントの束を取り出し、生徒ごとにまとまっているその内容を確かめた。

どこができていて、どこができていないかを分析して、次回の補習にやらせるプリントを作成しなくてはいけない。井川は個々の生徒ごとに習熟度を把握しており、苦手を得意とできるような内容の問題作りをするようにしていた。

改めて見直すと、曾根の出来のよさは際立っている。それもそのはず。曾根は井川も卒業した、都立でも最難関といわれる野比谷《のびや》高校を第一志望にしていた。数学以外の成績も申し分なく、この分だったら、おそらく合格できるだろう。

対して。宇都宮と真田をどうしたものか。難しい問題だと考え込んでいると、背後の大滝がごそりと動いた。

「そろそろ寝る」

「ああ。お休み」

大滝は土曜も出勤で、朝が早い。十時前には床に就くのが日常だ。肩に腕をかけ、キスをねだってくる大滝に応《こた》え、後ろを振り向いて口づける。毎晩、繰り返される決まり事であるけれど、いつもよりも口づけが濃厚な気がして、井川は囁《ささや》くように聞いた。

「…どうした?」

至近距離から見つめる井川を、大滝はじっと見返す。そのまま話すかと思われたが、大滝は視線を外して「なんでもない」と低い声で言った。

「お休み」

立ち上がって寝室へ入っていく大滝の背中が視界から消えると、井川は小さく溜め息をついた。深刻なトラブルだろうか。だが、そうであるなら、問題を長引かせないためには早く話した方がいいと、大滝はわかっているはずだ。ならば、大したことのない内容なのか。どちらの可能性もあるな…と思い、眉をひそめて頬杖《ほおづえ》を突く。明後日《あさって》の日曜は大滝も休みだから、時間をかけてじっくり聞き出してやろう。そう考えて、井川は再びプリントに目を落とした。

大滝の朝は早い。四時半に起き、弁当を作って朝食を済ませ、五時過ぎには家を出ていく。井川は夜更かしをすることが多いので、とてもそんな早朝には起きられず、布団の中から見送るのが常だ。

「行ってきます」

「ん…気をつけて」

出かける前には必ず声をかけてくる大滝に、布団に潜り込んだまま手を振り、寝室の襖《ふすま》が閉まるのと同時に瞼《まぶた》を閉じる。土曜日は担当している部活動の監督をしに登校しなくてはならないが、その日は午後からの練習だった。十時過ぎにのそのそと起き出すと、身支度を済ませてから、大滝が作っておいてくれたおかずで遅い朝食を済ませた。

その後、部屋や風呂の掃除、洗濯といった家事をこなし、昼前に部屋を出た。井川が担当しているのは男子テニス部で、土曜日の練習は午前か午後のどちらか、四時間ほどと決まっている。

井川は学校の体育の授業以外でテニスをした経験がないが、担当できる教師が他にいないので、今年の春からテニス部顧問となった。ルールブックを買い、一通り勉強はしたものの、生来球技は苦手で、見ているだけの監督役だ。

それに男子テニス部は三年生が引退した今、二年生三人、一年生二人の、合わせて五人しかいない。女子テニス部の二十名と比べると、四分の一という少なさである。

「先生」

学校に着き、そのままテニスコートへ向かおうとしていた井川は、背後からの声に振り返った。クラブハウスの前から手招きしているのは、男子テニス部キャプテンの香川《かがわ》で、その隣には副キャプテンの赤松《あかまつ》がいる。

どうした？　と聞きながら近づいていった井川に、香川と赤松は困った顔で訴えた。

「女《じょ》テニが三時まで両面使うそうです」

「どうして？　A面はうちが使う約束だろう」

常磐第二中のグラウンドは狭く、野球やサッカーの試合などをするのには不十分だが、テニスコートは二面ある。A面、B面と呼んでいるテニスコートを男子部、女子部で使い分けていた。

「明日、秋期大会の準決勝と決勝があるんで、練習しなきゃいけないからって」

「うちは負けたんで、用はないでしょって」

二人のげんなりした様子から、女子テニス部員の高圧的な態度が目に浮かび、井川はなんともいえない気分で腕組みをした。女子テニス部は人数が多いだけでなく、都大会で上位に入賞するような強い選手もいる。一回戦負けしてしまった男子テニス部に反論できる余地はまったくないのを、井川もよくわかっていた。

「仕方ないな。筋トレでもやるか」

狭いグラウンドは、野球部とサッカー部が分け合って練習のために使っている。体育館はバスケ部とバレー部が占領している。コートを奪われてしまったテニス部は、グランドと校舎の間の空き地で筋トレをするくらいしかなく、三々五々集まってきた部員たちに指示を出し、井川は職員室へ向かった。

　昨日、持ち帰っていたプリントを自分の机に置き、職員室を出ようとした時、ジャージ姿の女性教師と出会した。「井川先生」と溌剌《はつらつ》とした物言いで呼びかけてくるのは、女子テニス部顧問の豊島《とよしま》だ。

「ご無理をお願いしてすみません」

「いいえ。明日、試合なんですよね。頑張ってください」

「ええ。なんとか決勝まで進んで優勝したいと思っています。生徒たちもやる気ですから。勝てると思いますよ」

「そうですね」

　豊島は自身が高校時代、テニスでインターハイに出場した経験を持つ、体育教師だ。従って、女子テニス部には体育会系の気質が溢《あふ》れており、弱小男子テニス部とはまったく雰囲気が違う。井川はあまり豊島の相手が得意ではなく、「応援しています」と結んで立ち去ろうとしたのだが、「先生」と呼び止められた。

　試合を応援しに来いとでも言われたらどうしようか。そんな戸惑いを胸に立ち止まった井川だったが、豊島が切り出したのは考えてもいなかった話だった。

「ちょっと…お耳に入れたいことが」

「…？　何でしょう？」

「実は…昨夜《ゆうべ》、門前仲町《もんぜんなかちょう》の方で食事をしたんですが、通りかかった居酒屋で…先生のクラスの真田を見かけたんです」

「真田…ですか」

豊島は現在二年生の担任をしているが、真田を一年時に担当した経験がある。だから、見間違いではないと言うのに頷きつつ、井川は豊島がどうしてそんな話をするのかと考えていた。食事をするために保護者と訪れていた程度であれば、話題にもならないはずだ。問題となるのは…飲酒、喫煙の類である。

正直、真田の素行はよくない。どちらもありえるなと覚悟し、「何か問題が？」と問いかけると、豊島は声を潜めて自分が目にした事実を告げる。

「それが…どうも、働いている様子だったんです」

「…働いて…？」

「居酒屋の制服を着て、ビールを運んでいました。あれ…と思い、店へ近づいてみたんですが、奥へ入ってしまい、確認はできなかったんです。店の中にまで乗り込んで…というのは、私は今の担任ではありませんし、しなかったのですが」

はあ…と相槌を打ちつつ、井川は昨日の補習での真田とのやり取りを思い出していた。どうせ高校には行かずに働くのだから、成績なんてどうでもいいと言っていた真田が、アルバイトをしているというのは…。

あり得る話だ。微かに目を眇め、井川は店の場所を聞くと同時に、確認できるまで他言無用にして欲しいと頼んだ。わかりました…と頷く豊島に礼を言い、男子テニス部の練習を見に行くために外へ出る。その間も、昨日目にした真田の仏頂面が頭から離れなかった。

土曜日はグラウンドや体育館、校舎を使用できるのは午後四時までと決められている。女子テニス部は最初、三時までと言っていたものの、時間になってコートを訪れてみると、試合をしているから終わるまで待って欲しいと言われた。仕方なく、部員全員とゲームセットを待ち、ようやく明け渡してもらえたのは、三時半になった頃だった。

たかが三十分ではできる練習も知れている。その上、隣のコートでは豊島が部員たちを厳しく叱咤《しった》する声が響いており、ラケットにボールを当てるのがやっとというレベルの男子テニス部員たちは、肩身の狭い思いで練習を終えた。

「お疲れ様でした。先生、クラブハウスの鍵です」

「お疲れ。気をつけて帰れよ」

部活顧問は生徒からクラブハウスの鍵を受け取るまでが仕事となっている。職員室に鍵を届けに来た香川を労い、井川は帰り支度をして学校を後にした。

マンションに帰り、服を着替えて細々とした仕事を片づけていると、六時前になって大滝が帰ってきた。

「ただいま」

「おかえり。風呂、入れてあるぞ」

「入ってくる」

キッチンに弁当の包みと水筒を置き、大滝は浴室へ向かう。井川はシンクへ向かい、弁当箱と水筒を洗った。間もなくして風呂を出てきた大滝は、冷蔵庫から取り出したお茶を飲むと、待たせたのを詫《わ》びる。

「腹減っただろ。何食べに行く?」

土曜は井川の勤めが基本的に休みで、大滝も翌日の日曜は休みであるから、外食すると決めている。大抵、居酒屋や焼き鳥屋などが多いのだが、その日、井川には行きたい店があった。

「門前仲町の方まで行ってもいいか?」

「いいけど…うまい店でもあるのか?」

門前仲町まではさほど遠くないけれど、二人の行動範囲からは外れている。不思議そうに聞く大滝には答えず、財布や携帯を持ち、出かける準備をした。大滝も井川に従い、二人で部屋を出る。

井川が行こうとしたのは、豊島から聞いた、真田が働いているらしいと聞いた店だった。微妙に距離があるので店の近くまでタクシーを使った。東西線の門前仲町駅から清澄《きよすみ》通りを南に行き、川を渡って間もなくのところにその店はあった。

「…空屋《そらや》…ここだ」

ビルの一階に入っている店はなるほど、通りから中が見える。働いている店員の姿もわかったが、真田の顔はないようだった。ここでいいか？　と聞く井川に大滝は頷き、先に引き戸を開けて中へ入った。

いらっしゃいませ…と威勢のいい声で迎えてくれる店員に二人であるのを告げると、座敷とカウンターのどちらがいいかと聞かれる。店内の様子を見たかった井川はカウンターを希望し、空いていた席に大滝と並んで座った。

「珍しいな。カウンターは好きじゃないだろう」

教師という職業柄、どこで保護者や生徒に会うかわからないので、井川は外食先で個室や区切られた席を好む。事情のあった井川は店員に飲み物を頼んでから、この店を訪れた理由を大滝に話した。

「生徒が働いてるのを見たって聞いたんだ」

「ここで？」

周囲を気遣い、小声で話す井川に、大滝は目を見開いて聞き返す。井川は頷き、お通しとして出された枝豆を剝《む》いて食べた。

「女の子か?」

「男だ。お前よりは低いと思うが、背も高くて、体格のいい奴だから」

真田は顔立ちもしっかりしているし、大学生と嘘《うそ》をついても通るだろう。店の壁にはアルバイト募集の張り紙が何枚も貼《は》られており、人手不足であるのが窺える。個人店で人手が足りなければ、身元確認だって緩くなるに違いない。

教師となって十年以上。前例も多く見ている。女生徒の不健全なアルバイトよりはずっとマシだが、耳にした以上、見過ごすわけにはいかない。学校で聞いてもはぐらかされて終わる可能性が高いから、現行犯で見つけるのが一番だった。

お待たせしました…とビールとウーロン茶を運んできたのも真田ではなく、その姿は見当たらない。店内の様子を窺いながらも、「お疲れ」と大滝を労って乾杯する。

「小遣い稼ぎか?」

「どうだろうな」

「家が貧乏なのか」

「八人兄弟だと聞いてる」

それは多いなと、大滝は面白くもなさそうな顔で感心した。八人兄弟の三男である真田にはまだ幼い弟妹が五人いて、経済的余裕はまったくなさそうであると、担任である井川は見聞きしていた。

「うちと同じくらいの部屋に両親と暮らしてる。一度、訪ねたことがあるが、なかなかヘヴィな環境だった。二人いる兄貴は高校には行かずに働いてて…だから、そいつも進学せずに働くと言ってるんだが…」

「それもアリだ」

「……」

大滝が気軽に言っているのではないとわかっているものの、あっさり片づけられてしまうのは困る。井川は不服そうな目で大滝を見て、自分にも事情があるのだと告げた。

「母親は進学させたいと希望してるんだ。それに相手はまだ子供だ。他にも進路選択の余地はあると教えるのが俺の役目だ」

「高校に入ってからやっぱり合わないとやめるよりも、潔いと思うがな」

「そりゃ…お前はそういう例をたくさん見てるんだろうが」

「家が貧乏だから、親や兄弟のために働きたいって奴は意外に多いぞ。俺は仕事は好きだが、そういう目的意識みたいなのはないから、羨《うらや》ましいと思う」

大滝の言葉にはリアリティがあって、井川は何も言えなかった。所詮、自分の意見は机上の空論だ。進学すれば別の道が開けるかもしれないと考えるか、開けないかもしれないと考えるか。選択させる教師側の思惑を押しつけてはいけないとわかってはいるものの、大滝のように潔く考えられない自分は、やはり現実に即していない人間なのかと思い、難しい顔つきでビールを飲んだ。

その店には二時間ほど滞在したが、真田の姿は見られなかった。豊島の見間違いだったのかもしれないという思いが強くなり、一応、月曜に真田本人に確認してみようと考え、支払いを済ませて店を出た。タクシーでマンションまで戻ると、三階の部屋に着いてから大滝の様子がおかしかったのを思い出した。

真田のことが気にかかっていて、考えが遠のいていたが、休みにじっくり聞き出そうと思っていたのだ。鍵をかけて、後から部屋に入ってきた大滝を振り返り、「なあ」と呼びかけるのと同時に抱きしめられる。

「ん…っ…」

唇を重ねてくる大滝の口づけは激しく、あっという間に理性を奪われる。珍しい芋焼酎《いもじようちゆう》があったので、ついグラスを重ねて、酔ってしまったのも原因だ。タクシーの中でも自動車の揺れが心地《ここち》よくて、顔には出さなかったが、大滝の存在を強く感じていた。

逞しい背中に腕を回し、求めてくる大滝に応える。互いに舌を絡ませて、長いキスをしている間に、井川自身は硬くなっていた。それを脚で感じた大滝は、唇を離して耳元で囁いた。

「硬くなってる」

「責任取れよ」

唇を歪めて笑い、挑発的な台詞を向けてくる井川の唇を、大滝は再び塞《ふさ》ぐ。深く口づけながら井川の身体を抱えると、ソファまで運んで横たえた。

「…っ……ん……」

覆い被《かぶ》さってくる大滝にシャツのボタンを外させながら、井川は彼のTシャツを捲り上げた。滑らかな皮膚の感触を掌《てのひら》で味わい、しっかりとした骨格を確かめるように撫《な》で回す。シャツを脱がせてくるのに従って裸になると、大滝のTシャツも脱がせた。

けれど、チノパンの中へ手を忍ばされるのには抵抗があって、腕を摑《つか》んで制止する。

「…待て。風呂に入ってくる」

妙なところで潔癖な井川は、セックスをする前に風呂に入りたがった。手で触るのも嫌うのを知ってはいるけれど、大滝としてはまったく問題はなく、強引に行為を続けようとする。

「大丈夫だ」

「俺が大丈夫じゃない」

「……。じゃ、一緒に入ろう」

いつもの妥協案を提示し、大滝は井川の身体を持ち上げる。脚を絡ませ抱きついてくる井川とキスしながら浴室まで移動し、互いの下衣を脱がせてから、洗い場へ入った。

「…ふ…っ……ん…っ…」

シャワーを流して、ボディソープをつけた手で井川の身体を弄《いじ》る。大胆に動き回る大滝の手に翻弄《ほんろう》され、井川自身は硬さを増していた。すっかり上を向いたものを握られると、深く咬《か》み合っていた口を離して、高い声を上げる。

「あっ…。…ん…っ……大滝、窓…」

洗い場には小窓があるのだが、普段は換気のために開けているそれが閉まっているか、大滝に確認するよう指示する。嬌声《きょうせい》というのは響きやすい。しかも、男の声だ。できるだけ抑えるけれど、どうしても漏れてしまう声を気遣う井川の顔に、大滝は口づけながら「大丈夫だ」と答える。

「ん…っ……ふ…っ…」

ぬるついた手が前だけでなく、後ろも弄ってくるのに耐えられなくて、井川は大滝の身体にしがみついた。大滝は井川よりも二十センチ近く背が高く、日々の仕事で鍛えられた肉体は強靱《きょうじん》なものだ。ジム通いでつけた俄《にわか》仕立ての筋肉とはわけが違う。

引き締まった身体に抱きつき、キスをねだって、愛撫《あいぶ》される高揚感に酔いしれる。後ろの敏感な部分を指先で弄られるだけで腰が揺れ、淫猥《いんわい》な仕草を見せてしまうのを止められなかった。

「…あ…っ……や…っ…」

井川をシャワーの下へ立たせ、大滝はその前に跪《ひざまず》く。泡を流しながら足先まで洗ってしまうと、反り返っている井川自身を口に含んだ。びくりと震える身体をしっかり抱き留め、唇や舌を使って丹念に愛撫する。

大滝の愛撫には慣れているが、立ったままそれを受けるのは慣れでは追いつけない部分がある。昂《たか》ぶっていくほどに脚が震えてきて、次第にしんどくなってくる。大滝の口に含まれている自分自身が、どれだけ浅ましい状態であるのかが視界に入ってしまうのも、煽《あお》られる要因だった。

「ん…っ……あ……おお…たき、…っ…」

声の響きだけで井川が何を求めているのか察した大滝は、抱きすくめていた身体を浴槽の縁へ座らせた。それから再び井川自身を口で愛撫する。奥までのみ込むようにして含み、口《こう》腔《こう》や舌を使って行われる巧みな口淫に、井川のものは張り詰めていく。

限界が近づくと、井川は大滝の髪を摑んだ。短く刈られている大滝の髪は摑めるほどもなく、頭を押さえるような形になってしまう。やめて欲しいのか、もっと強く刺激が欲しいのか。

自分でも判断がつかず、苦しさと快楽が混じり合う瞬間。大滝の唇に先端を吸われた刺激で、井川は欲望を吐き出していた。

「あっ……」

短くも甘い声が水音の中に響く。温かい液を溢れさせる井川自身から、大滝は口を離さずに愛撫を続ける。それが辛《つら》くて、井川は頭に添えた手に力をこめた。

「…大滝……」

もう…という掠《かす》れた声を聞き、大滝は口を離して起き上がる。大滝の肩に腕をかけて引き寄せた井川は、濡《ぬ》れた口元に唇を這《は》わせて、自分の気配を消すように丁寧に舐《な》めていく。井川はいつもそうするけれど、大滝にはその行為に戸惑いがないことの方が不思議だった。風呂に入らずにするのも、自分が吐き出したものを舐めるのも、大差はないように思えるのだが。しかし、そんな指摘をすれば、井川がしてくれなくなる可能性は大で、大滝はいつも黙ってされるがままになっている。

「…ん…っ…」

夢中でキスをしている井川を浴槽に入れ、大滝も重なるようにして湯に浸かった。賃貸マンションとしては比較的広めの風呂だが、大滝の体格がいいのもあって、二人で入る余裕は正直ない。勢いよく湯が溢れ出す中で、井川は大滝の上に乗るような形に体勢を変え、シャワーを止めた。

「…ふ……っ……ん…っ…」

「…このままするか？」

口づけの合間に聞いてくる大滝に、井川は首を横に振って答える。入るのもやっとな浴槽で繋《つな》がるのは無謀だと、これまでの経験上わかっている。我を忘れて行為に及んだ結果が筋肉痛を生むというのも。

「…向こうで」

部屋でしようと、井川は大滝の耳元で囁く。自分の身体の下にある大滝自身は欲望を滾《たぎ》らせている。それを手で包み込み、唇を重ねようとした時だ。

「……」

部屋のチャイムが鳴り、二人ははっとした顔で互いを見た。これ以上はないくらいの至近距離で、声を潜めて話し合う。

「宅配か？」

「予定はない」

「セールスにしては時間が遅いな」

「……」

無視しようと決めたのは井川の方だった。大滝にはもちろん異論はなく、井川の唇を塞ぐ。チャイムの音を忘れられるような、情熱的な口づけを与えると、井川の手が淫猥な動きをするものだから、たまらなくなった。

「…っ…ん…」

井川の身体を抱えて浴槽を出ると、そのまま洗い場を出る。濡れた身体で移動すれば、井川の怒りを買うとわかっているから、脱衣場でいったん下ろして身体を拭《ふ》いた。

「…間違いだったかな」

チャイムは一度鳴ったきりで、その後は聞こえない。大滝の呟きに頷き、井川は引き寄せてくる腕に応えて背中へ手を回す。抱き上げられて寝室へ連れていかれ、布団の上へ寝かせられる頃には、チャイムのことなど、忘れてしまっていた。


早朝に出勤しなくてはならない大滝は就寝時間も早く、気にせずに抱き合えるのは土曜日のみだ。だから、自然と翌日に予定のない土曜はセックスの日になって、思う存分すると決めている。その日も深夜まで飽くことなく繋がって、深い眠りに落ちた。

日曜の朝も大滝は癖で早起きをしてしまうのだが、井川は大抵、昼過ぎまで寝ている。大滝も用がない限り起こさない。カーテンを閉めきった薄暗い寝室で、惰眠を貪《むさぼ》っていた井川だったが、大滝が呼んでいるのに気づき、微かに目を開けた。

「……ん……。どうした?」

「ちょっと来てくれ」

「…どこに?」

不思議に思って身体を起こすと、大滝が怪訝《けげん》そうな顔つきでいるのが見える。「玄関だ」

と答えた大滝は、理由をつけ加えた。

「さっき、チャイムが鳴って…ドアスコープから覗《のぞ》いてみたら、子供が立ってるんだ」

「子供？」

「井川の生徒じゃないかと思うんだが」

「⁉」

子供と聞いて幼子を浮かべた井川だったが、大滝にしてみれば、中学生も子供だろう。びっくりして一気に目が覚めた井川は、布団の上に立ち上がって確認する。

「生徒って…、大滝、出たのか？」

「いや。井川に見てもらおうと思って呼びに来た」

正しい対応に感謝し、井川は急いで…けれど、外には聞こえないように忍び足で玄関へ向かう。そっと息を潜めてドアスコープから外を覗けば、驚くような相手が立っていた。

「…！」

知ってるか？　と小声で聞いてくる大滝に、井川はジェスチャーで奥へ行くように指示を出す。二人で抜き足差し足、居間まで戻ると、井川は深刻な表情で生徒であるのを認めた。わけはわからないが、確かに知っている顔だ。

「うちのクラスの曾根だ。どうしてうちを知ってるんだろう…」

教師の自宅住所は公開されておらず、厳重に管理されている。教師の対応に不満を持った保護者が執拗《しつよう》に自宅を訪ね、精神的攻撃を与えるという事案が続いたためだ。だから、保護者だけでなく、生徒も知らないはずで、井川自身、個人情報を漏らすような発言には気をつけている。

特に井川の場合、大滝という存在がある。大滝も井川の職業柄、自分たちの関係が問題視されるのをわかっているので、行動や言動には気をつけていた。

「昨夜のチャイムはあの子だったのかな」

「……」

何気ない大滝の呟きに、井川は肝を冷やす。生徒が訪ねてきた時に風呂場でセックスしていたなんて、まったく笑えない。いや、それはないはずだ…と井川が反論しようとした時、チャイムが鳴った。

一度目のチャイムは寝ていた井川には聞こえなかったけれど、今度はしっかりと耳に届いた。大滝と顔を見合わせた井川は、無言でこの場にいるよう、大滝に指示を出し、意を決して玄関へ向かった。

鍵を外し、ドアチェーンをかけたまま、ノブを回す。隙間から外を覗くと、曾根がほっとしたような顔をするのが見えた。

「先生…。すみません、寝てたんですか」

井川が寝起きであるのは、曾根にもすぐわかったようだった。申し訳なさそうに詫びる曾根に、井川は窺うように聞く。

「……どうした？」

「ちょっと…相談があって」

相談…と心の中で繰り返し、少しその場で待っているよう、曾根に伝えた。玄関のドアを閉め、ばたばたと居間へ駆け戻る。廊下の近くで立ったまま様子を窺っていた大滝に、「出かけてくる」と短く告げ、寝室へ入って押し入れから着替えを取り出した。

「なんの用なんだ？」

「わからん。相談があると言ってる」

「学校じゃできないのか？」

それは井川も真っ先に思ったことで、シャツのボタンを留めながら、肩を竦《すく》めた。着替えてから顔も洗ってないのに気づき、浴室へ入って洗面台でバシャバシャと顔を洗う。横からすっとタオルを出してくれる大滝に礼を言い、洗濯物だけ干しておくよう頼んだ。

「もう干してある。俺のことは気にしなくていいぞ」

「俺が気にする」

休みの日に大滝と一緒にいられないなんて、自分が嫌だ。井川はつまらなそうな顔でそう言い、携帯と財布を手に玄関へ向かった。

マンションの廊下へ出た井川は「待たせたな」と曾根に言い、部屋の鍵をかけた。大滝が中にいるが、同居人がいるのを知られたくはない。それに部屋へ入れるつもりはないと、アピールするためでもあった。

外で話を聞くから行こうと井川に促された曾根は、玄関のドアを指さす。

「先生の家でもいいですけど」

「他人は入れない主義なんだ」

きっぱり言う井川に曾根は何も言えず、その後をついて階段を下りる。マンションの外へ出ると、井川は近くの公園を目指して歩き始めた。生徒を連れて飲食店の類へ入るのは支払いなどに問題が発生する。曾根にも公園で話を聞くと伝えながら、どうして自分の家がわかったのかと尋ねた。

「……………」

沈黙を返してくる曾根をちらりと見て、井川は内心で溜め息をつく。言えないということは、疚《やま》しい手段を使って情報を手に入れたに違いない。その場で追及するつもりはなく、無言の曾根と公園まで歩いていった。

日曜の午前中ということもあるのか、公園には小さな子供を連れた家族連れの姿がちらほら見えた。井川は空いているベンチを見つけて座り、曾根に隣を勧める。曾根は井川と少し距離を空けて腰を下ろし、「すみません」と詫びた。

「突然……」

「学校じゃ話せないことなのか？」

「他の人に…聞かれたくなくて」

そうか…と相槌を打ちつつ、曾根のことを改めて考える。成績優秀で、一年の時からずっと学年トップだと聞いていている。学校内の成績がいいだけじゃなく、全国模試でも上位に入るような実力の持ち主だ。

素行も態度も、問題ない。生徒会の役員をやるほどの積極性はなくとも、クラス役員はきちんと務めている。友人はあまりいないようだが、本人は気にしていないようだったし、いじめなどの問題には遠いはずだ。

しかし、自分にはわからなかっただけで、人間関係の悩みを抱えていた可能性はあり得る。曾根がどういう話を切り出すのか。あらゆるシチュエーションを考えて、返答を用意していた井川だったが、彼が切り出したのはまったく想定外の相談だった。

「先生」

「なんだ」

「俺…進学するのをやめようかと思うんです」

「!?」

二学期に入ってすぐの個人面談では、曾根は第一志望として最難関である野比谷の名を挙げていた。それも曾根の成績からすれば問題はないと思われ、この調子で頑張れよと励ましていたのだが。

その曾根が、どうして進学をやめると言い出したのか。井川には理由の想像がつかず、言葉に詰まってしまった。目を見開いている井川をちらりと見た曾根は、無表情な顔で理由をつけ加えた。

「このまま行けば志望校にも受かるとは思うんですが…。なんていうか…。その先にしあわせはないような気がして」

「………」

曾根が口にした理由は哲学的すぎて、井川はまたしてもすぐに言葉が出なかった。その先にしあわせはない気がするから、進学をやめる。じゃ、お前の言うしあわせとはどこにあるのか。そんなのどこにもないぞ…と大人の理屈を返してしまいそうになるのをぐっとこらえ、井川は曾根をそれとなく諭《さと》した。

「…そう…考えるのは短絡的じゃないか。進学してみないと、実際のところはわからないだろう」

「そうでしょうか。俺、東大にも入れると思うし、霞《かすみ》が関《せき》にも入れると思うんです。でも、それってしあわせじゃなさそうでしょう」

「役人にならなきゃいい」

「別になりたいものとか、ないんです。医者は向いてないと思うし、研究職にも興味はありません。入りたい企業もないですし、起業したいとも思いません。だから、今のまま、なんとなくいい成績を取り続けていたら、霞が関の役人くらいにしかならないと思うんです」

そんなに簡単なものじゃないぞ…と言いたかったが、相手は曾根だけに言えなかった。曾根は彼の言う通り、なんとなく、エリート街道を歩ける人間だ。特別な努力なくそうできる人間が世の中に存在するのを、井川は知っていた。

しかし、だからといって高校に行かないというのは極端な話だ。大学ならともかく、高校にはほとんどの人間が進学する。井川は腕組みをして、曾根に問いかけた。

「進学せずにどうする?」

「まだ具体的には考えていませんが、惰性を断ち切るのに進学しないというのは有効な方法だと思いまして」

「親御さんは?」

「俺の人生ですから、親は関係ありません。あの人たちは俺に興味はないですし」

曾根が冷めた口調で言うのを聞き、親子関係に行き詰まって自棄《やけ》になっているのかと思いついた。曾根の両親は共にビジネスエリートで、多忙ゆえに、井川も担任として会ったことはないのを思い出す。疎遠な親子関係が問題の原因となっている可能性は高い。

だが、親と喧嘩《けんか》でもしたのか…と聞こうとした井川に、曾根は先回りしたように補足する。

「あ、言っておきますが、親と揉《も》めたとかそういうことは一切ありませんから。親への反発心で言い出したことでもありません」

「……」

賢い曾根に先手を打たれてしまい、井川は喉《のど》まで出かかった言葉をのみ込んだ。厄介な奴だという、正直な感想も。ふん…と鼻先から息を漏らし、「お前の考えはわかった」と曾根に返す。

「俺にも少し考えさせてくれ。ただ、俺は教師で、お前の担任だ。賛成できる内容じゃないのはわかるか」

「はい」

「取り敢《とあ》えず、明日、また話そう。…それと。俺の自宅がどうしてわかったのかは不問に処すから、二度と訪ねては来るな」

曾根の相談とやらを聞いた後に、必ず念を押しておこうと思っていた。厳しい表情で言う井川に、曾根は微かに戸惑いを浮かべて尋ねる。

「…迷惑ですか?」

「ああ」

即答した井川に、曾根は一瞬沈黙した後、「わかりました」と返した。相手は賢いとはいっても子供だ。冷たい対応だったかもしれないと思ったが、井川にも事情がある。ここは心を鬼にするしかないと割り切った。

先にベンチを立った曾根は「失礼します」と挨拶してから歩き始めた。その姿が公園を出ていくまで見送ろうと思い、井川が座ったままでいると、少しして曾根が立ち止まって振り返る。

どうした？　と聞く井川に、曾根は一瞬間を置いてから問いかける。

「…昨夜は出かけてたんですか？」

その一言で、昨夜のチャイムは曾根だと確信できた。井川は間髪容れず、「ああ」と答える。曾根は納得したような顔つきになって、ぺこりと頭を下げ、再び背を向けた。嫌な汗をかいている拳《こぶし》を握りしめていた井川は、曾根が見えなくなると、大きな溜め息をこぼした。

マンションへ帰り、玄関を開けようとして鍵がかかっているのに眉をひそめた。そうだった…と思って、ポケットから部屋の鍵を取り出そうとしている間に、物音に気づいた大滝が内側から開けてくれる。

「おかえり」

「ただいま」

玄関に入るなり、「腹が減った」と井川は大滝に訴えた。時刻はもう昼近くになっている。

井川がそう言うと思い用意しておいたとの返事に、ありがたく礼を言った。

大滝が作ってくれていたのはサンドウィッチで、彼の昼食も兼ねているというその量はかなりのものだった。大皿に盛られたサンドウィッチを、井川は早速食べる。

「コーヒーでいいか？」

「ああ」

「なんの相談だったんだ？」

大滝が真っ先に聞いてくるのも無理はない。井川が中学教師として働き始めて、十年余り。大滝はその間、ずっと一緒にいるが、生徒が自宅を訪ねてきたのは初めてだ。教師の個人情報が保護されているというだけでなく、井川が生徒に親しみを持たれるような教師ではないという事情も関係している。

薄切りの食パンに丁寧にバターを塗り、ハムときゅうり、スライスチーズを挟んだシンプルなサンドウィッチは、手作りだからこその美味《おい》しさがある。むしゃむしゃと咀嚼《そしやく》してから、井川は難しい顔つきで曾根から受けた相談の内容を話した。

「進学しないと言ってきた」

「昨日の奴か？」

「……」

大滝にそう言われて、はたと思い当たる。あまりにもタイプが違うから同じように考えられなかったが、曾根と真田は同じことを言っているのだ。改めて気づかされた事実は、井川にとって重いもので、うんざりしたような気分で首を横に振った。

「違う」

「受験生は悩みが多いな」

渋い顔つきの井川を、大滝は苦笑して同情する。井川が三年生を担任するのは初めてではなく、そのたびに生徒たちの進路指導に頭を悩ませているのを大滝は見てきていた。キッチンから流れてくるコーヒーの香ばしい匂いを嗅《か》ぎながら、井川は二つ目のサンドウィッチに手を伸ばした。

「昨日、話してたのとは正反対の奴なんだ。家は金持ちで、一人っ子で、成績も優秀だ」

「だったら、どうして？」

進学しないと言い出しているのか。不思議そうに聞く大滝に、井川は肩を竦めるしかない。曾根はもっともらしい言い訳を口にしていたが、子供の理屈だ。子供だけに明日には変わっているかもしれない。

ハムサンドも美味しかったが、厚焼き玉子をトマトと一緒に挟んだ玉子サンドもとても美味しかった。アクセントの大葉がいい味を出している。コーヒーを運んできてくれた大滝に、井川は「うまいぞ」と褒めた。

「手間がかかるから休みの日くらいしか、作れないがな」

「十分だ」

大滝はまめで料理上手だ。対して、井川は料理本通りの調理はできるけれど、それ以上のことはできない。大滝の仕事が多忙の時は、井川が代わってキッチンを預かるのだが、実に味気ない食卓になってしまう。

玉子サンドをのみ込み、コーヒーに口をつけて一息つく。曾根も真田もどうしたものか。休みの日は大滝とただ、だらだら過ごしたいのに、生徒のことを考えてしまう自分が嫌になる。

そんな井川に、大滝は昨夜のことを聞いた。

「昨日の、チャイムもあの子だったのか？」

「……みたいだな。出かけていたのかと聞かれた」

「それで？」

「肯定しておいた」

そうか…と答え、大滝はサンドウィッチを食べ始める。旺盛に食事をする大滝を見ているのが、井川は好きだ。大滝はいつも勢いよく食べるけれど、食べ方が汚いわけじゃない。エネルギーが溢れているように感じられて、見ていて楽しくなる。

コーヒーを飲んで、新たなサンドウィッチを手に取った井川は、そこではっと思い出した。

昨夜、部屋に帰ってきた時に聞こうと思ったのに、なし崩し的に抱き合ってしまい、忘れていた。大滝の様子がおかしかった理由。「なあ」と声をかける井川を、大滝は不思議そうに見る。

「何か、あったのか?」

「……」

正面から井川に見つめられた大滝は、一瞬動きを止めてから、視線を逸《そ》らした。なんのことだ? ととぼけるけれど、その態度は明らかに怪しい。

「金曜の夜から、なんかおかしいぞ」

「気のせいだ」

「気のせいとは思えない」

「……。大したことじゃないんだ」

井川の追及に負け、大滝はうっかり口を滑らせる。つまり、大したことじゃなくても、何かあったのは間違いないのだ。井川は大滝を眇めた目で観察しつつ、二つ目のハムサンドを食べた。

常日頃とは種類の違う沈黙が食卓を覆う。こういう空気に弱いのは大滝の方で、すぐに折れて話すと思ったのに、なかなか口を割らなかった。先に満腹になった井川は、コーヒーを飲みながら、大滝が食べ終えるまで監視を続けていたのだが、最後まで打ち明け話は出てこなかった。

しぶといなと、井川が次の対応を考えかけた時だ。居間のテーブルの上に置いてある大滝の携帯が鳴り始める。助かったというような顔で携帯を取りに行った大滝を横目に見て、井川は食べ終えた食器をシンクへ下げた。

同じ室内にいるのだから、相手の声は聞こえずとも、どういうやり取りをしているのかは察しがつく。会いたいという相手からの頼みを断れ切れなかったようで、通話を切った大滝は、申し訳なさそうな顔で洗い物をしている井川の側《そば》へ近づいた。

「職場の後輩なんだが…相談があると言うんだ。ちょっと出かけてきてもいいか？」

「…ああ」

大滝にだってつき合いがあるのだから、仕方がないとは思う。だが、話そうとしないのを不満に思っていたから、つい、無愛想な答え方になった。大滝は硬い顔つきで、「すぐに帰ってくる」と約束する。

ばたばたと慌ただしく玄関へ向かう大滝に「気をつけてな」とでも言えばよかったのに、声がかけられなかった。自分に対して遠慮する必要などないのにという余計な思いが邪魔をする。あまのじゃくな自分がほとほと嫌になって、洗い終えた皿を水切りかごに入れ、小さな溜め息をついた。

すぐに帰ると言っていた大滝だが、相手のあることだけに、そううまくはいかなかった。四時を過ぎた頃にようやく、夕飯の買い物をしてから帰るという電話があった。何がいいかと聞かれたが、特別食べたいものは浮かばず、任せると短く返事をした。

大滝が大したことじゃないと言うのだから、本当に大した内容ではないのだろう。話そうとしない大滝を追い詰めて、嫌な思いを味わうのは自分の方だ。大滝の留守中、井川は冷静になって考え直し、もう聞かないでおこうと決めた。

三十分ほどして戻ってきた大滝が夕飯に作ったのは、井川の好物である唐揚《からあ》げだった。ビールに唐揚げという黄金の組み合わせは、小さなもやもやを吹き飛ばしてくれて、井川はご機嫌で唐揚げを頬張った。

「なんの相談だったんだ？」

すぐ帰ると言いながら、四時間近く、大滝は拘束されていた。その疲れが浮かんだ顔で、大滝は溜め息交じりに答える。

「つき合っていた彼女が浮気して、その相手が親友だったとかで…揉めているから仲裁に入ってくれないかと言われたんだ」

「ディープだな。だが、大滝にはもっとも向かないような話に思えるが？」

「ああ。だから、俺は帰ると何度も言ったんだが…女が自殺するとか騒ぎ出して、帰るに帰れなかった」

困ったもんだと肩を竦める大滝は、深刻な内容のわりに平然とした顔をしている。大滝本人は非常に落ち着いた男だが、職場の性質上、激しい気性の知り合いも多い。切った張ったの人間を見慣れているものだから、少しくらいのことでは驚かなくなっているのだ。

そして、その手の話を聞き慣れた井川もまた、免疫ができているといっていい。

「それで丸く収まったのか」

「別れろと勧めておいたが、相手の話を聞いてやるくらいだ。未練があるんだろう。元サヤに収まるんじゃないか」

「なるほど」

似たような例をいくつも見ているだけに、先が想像できるのだろう。大滝が淡々と言うのに頷き、井川はビールを飲み干した。

明日は月曜で、大滝は早朝から出勤しなくてはならないし、井川も学校がある。互いにてきぱきと夕飯の後片づけや翌日の用意を済ませ、交代で風呂に入った。居間で仕事を広げる井川の後ろで、ソファに寝そべってテレビを見ていた大滝は、九時になってテレビを消した。

「先に寝る」

「ああ」

いつものように口づけてくる大滝に応えてから唇を離すと、至近距離からじっと見つめられる。何かを言おうとしている気配を察し、井川はデジャビュを感じた。金曜の夜も似たような態度を取られて、気になっていたのだ。

聞かないと決めたが、実は、大滝は話したいのだろうか。真意を測りきれずに迷う井川を、大滝は抱きしめる。

「…お休み」

「……。お休み」

抱きしめられるのはいつものことではあるけれど、微妙にごまかされているような気がした。寝室へ入っていく大滝の背中を目で追い、閉まる襖を複雑な思いで見つめる。気にしないでおこうと思うほどに気になって、翌日は月曜なのに、つい夜更かしをしてしまった。

翌朝、いつも通り、大滝は早起きして「行ってきます」と声をかけて出かけていった。大滝に手を振って答えた時には意識はあったものの、床に就いたのが遅かったのもあって、二度寝という失態をやらかした。

「しまった…！」

はっと気づいた時には非常にまずい時間で、井川は飛び起きて支度をした。月曜であるから、ゴミ出しもしなくてはいけない。あたふたと焦りまくって用をこなし、部屋を飛び出して学校へ向かった。

なんとか、ぎりぎりセーフで職員室へ駆け込み、時間に追い立てられるようにして全校集会のために体育館へ向かう。月曜の朝からだるそうな生徒たちを叱咤しつつ、出欠を確認していく中で、真田の姿がないのに気がついた。土曜の夜、豊島から聞いた情報をもとに訪ねた居酒屋に真田はいなかったが、一応、本人に確認しようと思っていた。

欠席かと思ったが、真田は遅刻することも多い。授業になったら出てくるかもしれないと考えて顔を上げると、曾根がいた。

「おはようございます」

「…おはよう」

曾根には考えておくと言ったが、大滝のことが気になっていたのもあって、考えを詰められていない。だが、考える余裕があったところで、井川は曾根の意見を尊重できない立場にある。明日話そうとは言ったが、果たして、どういう方向から話を持っていくのが正解か。

それを考えなくてはいけないなと思っているうちに、クラス全員の出欠確認が取れ、間もなくして校長の話が始まった。欠伸《あくび》だらけの全校集会が終わり、職員室へ戻った井川は教務主任の大津《おおつ》から頼み事をされた。

「井川先生。今日って二限と五限、空いてますよね?」

「ええ。何か?」

「一年生の自習を監督してください。非常勤の野上《のがみ》先生から急に休むと連絡があって…申し訳ないんですが、よろしくお願いしますね」

何組のなんの授業かも言わずに、大津は忙しそうに行ってしまう。断ることもできなかった井川は、慌てて一年生の担任に確認を取り、一日のスケジュールを立て直した。空き時間といっても授業の準備やら、提出課題のチェックやら、やらなくてはいけないことは山ほどある。

参ったなと思い、忙しく動き回っているうちに一日はあっという間に過ぎた。曾根との約束も、遅刻して登校してきた真田も気になっていたが、なかなか時間が取れなかった。そのまま授業後の職員会議に出なくてはならなくなり、その後は進路指導会議となって、結局二人共と話はできないままだった。


進路指導会議は進路指導担任の土田《つちだ》と、三年生を担任する井川と三谷の三人で開かれる。これまでは月に一度のペースで行われてきたが、具体的な進路先を決める時期が近づいてきており、ここからはほぼ週一のペースで開かれることになる。

「来週には期末試験の範囲も発表されますし、期末試験の結果が仮内申点に影響します。先生方からも生徒たちにはますます真剣に勉強に取り組むよう、ご指導ください」

「わかってますよ、土田先生」

緊張した物言いで告げる土田に、三谷は呆れたような表情を浮かべて返す。土田は教師になってまだ三年目の若手で、進路指導を担任するのも初めてだ。本来、ベテラン教師が担うべき役どころであるが、団塊世代の大量退職の余波を受け、若手教師がその職を担わなくてはいけなくなっている。土田はなんでも生真面目に取り組むが、応用力には欠ける男で、いつも三谷に適当にあしらわれていた。

「僕も井川先生も何度も経験してますから。あ、井川先生はうちでは初めてでしたか。三年生の担任は」

「はい。前の学校では四年続けて、担任しましたが」

「それなら十分ですよ。それに、まあ、井川先生ご自身が受験のプロといってもいい学歴の持ち主ですからね」

事あるごとに学歴を揶揄《やゆ》されるのには慣れっこである井川は、適当な相槌で話を流そうとした。なのに、土田が悪気なく、真面目に受け取る。

「そうですよね。井川先生の補習授業は評判のようですし、先生のクラスの曾根は模試でも相当な成績を取っていますから、期待できますよね」

「……」

曾根から進学しないという相談を受けている井川は、相槌を打てなかった。学校としては一人でも多く、難関校へ入って欲しいというのが本音だ。難関校への合格実績は学校のイメージアップに繋がり、公立といえど、生徒数を増やせる要因にもなる。

最難関校の合格確定ラインにいる曾根は期待の星というやつなのだが。やはり教師としては曾根に進学を勧めるべきなのだろうなと考えていると、向かいに座っている三谷が期待が持てるのは曾根だけではないと言い出した。

「うちのクラスの首藤《しゅとう》も合格ラインに入ってくると思いますよ」

「首藤…ですか」

三谷が挙げた首藤という男子生徒は補習に参加しており、井川もよく知っていた。しかし、数学に関しては曾根の実力には遠く及ばないと見ていたので、訝《いぶか》しい思いで三谷に尋ねる。

「数学は伸びが足りないように思うのですが、他はいいんですか？」

「数学も頑張ってますよ」

「……」

国語教師である三谷が軽い口調で言い切るのを聞き、井川は「そうですか」と返すだけにしておいた。余計な一言は自分の利にならないと学んでいる。ただ、補習で関《かか》わりのある生徒だけに、本人の話を聞いてみようと頭の隅に留め置いた。

それに井川にとって今の問題は首藤ではなく、曾根だ。今ここで、曾根から受けている相談の内容を告げたら、二人とも口角泡を飛ばして進学させるべきだと主張するに違いない。

そう考えると、曾根が相談の場として学校を嫌ったのもわかる気がした。

「難関校を狙《ねら》える上位成績者にはぎりぎりまで成績を伸ばして結果を出してもらうとして、中位から下位に関しては併願優遇制度を使うなどして、早めに進路先を決めてもらうのが鉄則かと思うのですが……」

「その通りですよ、土田先生。十二月の時点で行く当てができるというのは、生徒にとっては何よりだと思いますからね」

「……」

したり顔で三谷が言うのを、井川は複雑な思いで聞いていた。併願優遇制度というのは、公立高校と私立高校を受験する生徒で、一定の内申点を取っている場合、入試の出来不出来に拘わらず、私学側が入学を保証してくれるというものだ。ただし、公立校に落ちた場合、その私学に必ず行かなくてはいけない。

三谷の言う通り、一つでも行く当てが確定できるというのはメリットではあるが、最後まで粘って勉強して自分の実力を試してみたいと考える生徒にとっては、向かない制度だ。それに、本人が本当は望んでいない学校に行かなくてはいけなくなる場合もある。

早く進路を決めて安心したいという親や、学校側にとっては利があっても、生徒にはどうなのだろう。期末テストを終えた時点で、仮の内申点を出し、それをもとに私学側と意思の疎通を図るというやり方にも、井川は疑問を抱いていた。

「十二月三日から三者面談が始まりますので、その際、志望校を決定させるよう、お願いします。一月の倍率発表を見て志望校を変えるという生徒が多く出ないよう、可能な限り、十二月の段階で進路を確定させるようにしてください」

「わかってますよ、土田先生」

気軽に請け負う三谷に対し、井川は曖昧《あいまい》な返事しか返さなかった。大人の都合で子供を惑わせるのは可哀相《かわいそう》だと、これまでの経験で感じている。また、迷う子供と向き合うのも、大人の責任だ。

今年度は荒れるかもな…と遠い気分で思って、進路指導会議用の資料をぱたんと閉じた。


会議をしていた進路指導室から職員室へ戻ると、時刻は六時を過ぎており、それから細々とした事務仕事を片づけた。八時過ぎまで学校で仕事をしてから、終わりそうにない雑務を持ち帰ることにして、帰路に就いた。

翌日の火曜は井川が補習授業を担当する日だった。補習には真田も曾根も参加する。その際、話をすればいいと思っていたのだが、二人ともが補習に顔を出さなかった。

「宇都宮。真田は？」

「知らなーい。六限目まではいたけど、姿消したよ。あー私もサボればよかった」

「何言ってんだ。さっさとやれ」

井川も朝に真田の姿を見かけたのだが、補習に出席するよう、促すのを怠っていた。しまったな…と思いつつ、曾根の事情を知っている者はいないかと聞く。

「用事があるとか、言ってたか？」

「聞いてません。曾根くんはあまり話さないので」

同じA組の生徒が困ったような顔で言うのを聞き、井川は複雑な思いで「そうか」と頷いた。曾根がクラスから浮いた存在であるのは井川も気づいていた。ただ、曾根自身がそれを問題と捉《とら》えている様子はなかったし、トラブルが存在するわけでもなかったので、触れてはいなかった。

曾根が補習を休むのは初めてだ。日曜日に告げられた相談内容が影響していないとは、とてもいえない。難しい顔で考え込む井川に、宇都宮はにやりとした笑みを浮かべて「知ってる？」と声をかけた。

「何がだ」

「曾根って、中学受験に失敗してるんだよ」

「……」

宇都宮が小声で耳打ちしてきたのはどきりとする内容で、井川は微かに眉をひそめて彼女を見返した。井川は宇都宮を見張るために、連れの寺本と一緒に廊下側の席を陣取っていたので、窓側の方にいる自主参加組とは距離がある。

そちらの一群が自分たちの話を聞いていない様子なのを確認してから、「落ちたのか?」と声を潜めて聞いた。

「ううん。行かなかった。行かなかったの」

「行かなかった?」

「曾根くん、受験をすっぽかしたんです」

首を振る宇都宮の横で、寺本が小声でつけ加える。寺本と宇都宮は、曾根と同じ小学校の出身なので、当時の事情を詳しく知っていると言う。

「塾の模試とかでも合格確実とか言われてたみたいだし、曾根くんなら受ければ受かったと思うんですけど。曾根くんの希望で一校しか願書出してなかったんで、結局、こっちへ来ることに」

「じゃ、失敗というわけでもないんだな」

「失敗じゃゃん。怖《お》じ気《け》づいたんだって。合格確実とか言われてても、わかんないじゃん。受験なんて」

「曾根もお前には言われたくないと思うがな」

知ったような顔で言う宇都宮を、井川は冷めた目で見て、無駄話は終えてプリントにかかるよう、指示する。せっかく教えてあげたのに…とむくれて、プリントに殴り書きする宇都宮を困った気分で見ながらも、曾根のことを考えていた。

井川も、曾根が公立校に来ているのは不思議に思っていた。曾根の家は裕福だし、私学校に通っていてもおかしくない。それにはそんな理由があったとは…。しかも、受験に落ちたのではなく、試験をすっぽかしたというのは。

曾根が進学しないと言い出したのを、井川は唐突に感じていたが、実は彼の中ではずいぶん前に生まれていた考えだったのかもしれない。曾根の気持ちをよくよく聞いてやらなければと思うものの、同時に大人としての考えも消せなくて、思わず溜め息が漏れた。

何度も手が止まる宇都宮を注意しつつ、わからない問題について聞きに来る生徒の相手をしているうちに、補習の時間は終わりを迎えた。自主参加組の生徒たちがやり終えたプリントを提出しに来る。それを受け取っていた井川は、首藤という名を見つけてはっとした。

「…首藤。ちょっといいか?」

不思議そうな表情を浮かべる首藤に、少し待つよう言い、他の生徒たちからプリントを受け取る。まだ終わっていない宇都宮には居残りを命じてから、首藤を連れて窓際へ移動した。

「内容的にはどうだ?」

井川は個人に合わせたレベルでプリントを作っている。内容は合っているかと聞かれた首藤は、「問題ありません」と答えた。優等生然とした容貌《ようぼう》や態度は、曾根よりも受験生としての緊張感に溢れたもので、隙はない。

「自分で補強したい分野があるなら、そこを重点的に押さえた問題を出すが」

「いえ。塾でもやっていますから、大丈夫です」

「そうか」

「もういいですか？　時間がないので」

時計を見て言う首藤に、井川は引き留めたのを詫び、教室を出ていく彼を見送った。井川から見ると、首藤は不得意な分野にミスが多くなる傾向があった。それを自覚し、補強するような勉強をした方がいいと思うのだが…。

ああきっぱり言われてしまうと、言葉が出ない。そもそも首藤は自分が担任している生徒ではないし、向こうから望まれない限り、強く関わることでもない。そうわかっていながらも、なんとなく気になるなと思いつつ、宇都宮たちのもとへ戻る。

すると、再び「知ってる？」と宇都宮がにやりとして言った。

「……。首藤も同じ小学校なのか？」

「ブー。あいつは別の学区から引っ越してきたんだよ。受験に失敗して」

まさか首藤も試験をすっぽかしたというのだろうか。よく知ってるな…と呆れた顔で言う井川に、寺本も一緒になって事情を教える。

「首藤くんは曾根くんが受験しなかった学校に落ちたらしいんです」

「だから、あいつは曾根のこと、ライバル視してんだって。井川の補習に来てるのも、曾根が参加してるかららしいよ」

そんな裏事情があったとは露とも知らなかった井川は、真面目な顔で「そうだったのか」と呟いた。そんな井川に宇都宮は知ったふうな口をきく。

「井川ってさ、人間関係とか苦手でしょ？　友達いなかったんじゃない？」

「明依ちゃん、失礼だよ」

寺本が慌てて窘めても、宇都宮は平気な顔で「図星に決まってるって」と続ける。井川は相手にするつもりはなく、プリントを指さして「早くやれ」と促した。

友達がいようがいまいが、どっちでもいい。そもそも友達というものの定義がわからない。そんな考えを持っていた中学生の井川には、確かに、自らが友達と思える存在はいなかった。だが、そういう考え自体が傲慢《ごうまん》だと思い知らされたからこそ、今の自分がいる。

苦い思い出が甦《よみがえ》ると、今でも胃がきゅっと痛くなる。成長していない自分を忌々《いまいま》しく思いつつ、回収したプリントを一つずつ見直していった。


翌日、朝の出席確認を取った後、井川はそれとなく曾根にどうして補習を休んだのか聞いてみた。曾根の答えは用があったからというもので、それ以上は何も言えなかった。元々、補習授業への参加は自由である。

だが、真田は曾根とは違う。井川につかまらないよう逃げ回っていた真田を、帰りがけになってようやくつかまえた。

「どうして補習に出なかった?」

「用があったんだって」

「なんの?」

昇降口で靴を履き替えようとしていた真田を見つけ、話があると言って外へ連れ出した。部活動の準備を始めている一、二年生の視線を避けるように体育館の裏へ連れていき、先に補習を欠席した理由を聞いた。

具体的に言えと要求する井川に、真田はうんざりした表情を向けて、「家の用事」と告げる。説明にはなっていなかったが、終わったことをしつこく追及するのもバカらしい。金曜の補習には必ず出るよう、念を押してから、本題を切り出した。

月曜からずっと真田に確かめようと思いつつ、できていなかった。帰ろうとする真田を「もう一つ」と言って引き留める。

「何?」

「門前仲町の空屋という店を知ってるか?」

「……」

働いているのかと確認するまでもなく、さっと表情を硬くした真田の顔を見るだけで、ビンゴなのだとわかった。大人びた容貌をしているとはいえ、まだ中学生の子供だ。井川はじっと真田を見据え、豊島が見たらしいという話を伝える。

「豊島先生が、お前がその店で働いているのを見たと言ってる。どうなんだ？」

「…ち、がうよ…」

「真田…」

「見間違いだろ」

俺じゃねえよ…と言い捨て、逃げようとする真田の腕を井川は咄嗟《とっさ》に摑む。その手を乱暴に振り払い、真田は駆け出していった。校内で追いかけっこをしても騒ぎになるだけだ。井川は真田を追いかけることはせず、深々と溜め息をついた。

土曜日に訪ねた店では真田の姿を見かけなかったので、間違いではないかと思っていたのだが。困ったなと憂い、これで辞めてくれればと願う。教師にバレたとわかれば、真田もこれ以上続けたりはしないだろう…と思いたい。

女生徒の援助交際といった、犯罪に関わるようなものではないが、中学生のアルバイトは労働基準法に抵触する。店側にも迷惑がかかるという事実をわかっているだろうか。考えるほどに憂いが増し、再度真田をつかまえてきちんと理解させなくてはいけないなと思いつつ、職員室へ戻った。

そして、週末の金曜。授業後の補習には、真田の姿も曾根の姿もなかった。

「あいつ、またサボりかよ。私だけ損してるみたいじゃん」

ちっと舌打ちをする宇都宮を、寺本は困った顔で「損はしてないよ」と宥める。宇都宮には真面目な寺本というおつきがいるので、補習に参加せざるを得ないという事情があった。

「そうだぞ、宇都宮。ここで少しやるだけでも、自分の力になる。特にお前みたいに伸びしろが大きな奴はな」

「…それって、遠回しにバカだって言ってない？」

ふんと鼻先で笑う井川に、宇都宮は膨れっ面で抗議する。それを適当に聞き流しながら、井川は曾根と真田のことに頭を悩ませていた。二人とも、今が一番大事な時期だとわかっているのか。いや、共に進学しないと言ってるのだから、構わないのか。

本人の希望を叶《かな》えるだけが正解ではないのが難しいところだ。答えの出ない問いを抱えたまま、八時過ぎに帰路に就いた井川だったが、何気なく辿《たど》り着いた自宅マンションで衝撃の展開に出会した。


自室のある三階までいつものように階段を上がり、廊下に出てすぐに、息をのむような光景が目に入ってきた。

「…⁉」

廊下の突き当たり、北西の角部屋である自宅前に人影が二つある。一つは大滝で、もう一つは…曾根だった。井川にとってはありえない組み合わせで、パニックになった頭では二人が並んで立っている理由がすぐに思いつかなかった。

あまりの衝撃に立ちすくむ井川に、先に気づいたのは大滝だった。それにつられるようにして、曾根も井川を見る。まずいと思って逃げようとしたが、そんなことをしても無駄だという、理性の声が聞こえてやめた。

曾根には自宅を二度と訪ねてくるなときつく言ったが、彼はそれを守らなかったのだ。ただ、大滝はチャイムが鳴っても応対には出なかったはずで、帰宅したところを出会してしまったと考えるのが妥当だろう。

事実、大滝の手には買い物袋が提げられている。大滝の帰宅時間はいつも決まっていて、六時には家に着く。ということは…それからずっと、二時間近くああしているのか。渋面で近づいてくる井川に、大滝がほっとした表情を浮かべるのも無理はなく、申し訳ない気分になった。

それとは逆に、曾根には怒りを覚える。あれほどきっぱり来るなと言ったのに。二人の側まで近寄った井川は、曾根を冷たい目で見て言った。

「うちへは来るなと言っただろう。話なら学校で聞く。他の人間に聞かれたくないというのなら、そういう環境を用意する」

苛《いら》つきがこもった声を聞き、曾根は怯《おび》えたような表情を浮かべた。大滝は困った顔で「井川」と窘める。迷惑をかけられたというのに、大滝が曾根を庇《かば》おうとするのが井川は気に入らなかった。

悪いのは言いつけを守らなかった曾根だ。そう口を開きかけた井川を遮るように、曾根が「すみませんでした」と詫びる。

「でも…つい、気になって……。先生はこの人と一緒に暮らしてるんですか？」

「……………」

疚しい事実があるだけに、単純な質問とは思えなくて、井川は動揺を隠すのに必死にならなくてはいけなかった。そっと大滝に視線を向ければ、慌てたように首を横に振る。大仰な反応に眉をひそめる井川の気持ちには気づかず、大滝は曾根に確認を求めた。

「さっき、説明しただろ？　俺はたまたま井川の部屋を訪ねてきただけだって。だから、井川の帰りを一緒に待ってたんじゃないか」

それを聞いて、大滝は部屋の鍵を開ける前に曾根に声をかけられたのだとわかる。咄嗟に小話を作り上げてしまった結果、二時間も曾根と二人で自分の帰りを待つことになったのか。電話の一本もくれれば…と思うが、お互い、緊急事態以外は連絡を取らないと決めている。

しかし、これは緊急事態に入れてもいいだろう。その辺について後で話し合わなければいけないと思っていると、曾根が困ったような表情を浮かべて「実は…」と大滝に返した。

「言い出せなかったんですが……俺、あなたがこの部屋に入っていくのを何度も見てるんです」

「…‼」

作り話をする大滝が必死すぎて、気の毒に思えて言えなかったと、曾根は頭を下げて詫びる。呆然《ぼうぜん》とした表情になる大滝を見て、井川は天を仰いだ。子供に情けをかけられるとは。子供であって、子供でない。中学生なんていう、中途半端な年頃というのは実に厄介だと、改めて痛感しながら、井川は二人に部屋へ入ろうと促した。

「いいんですか？」

「井川…？」

大滝との同居がばれているのであれば、今度はただの同居であるのを強調するしかない。それに大滝を残して曾根を外へ連れ出すというのも今さらな話だ。こうなったら、曾根の真意をとことんまで確かめてやろうと思い、井川は部屋の鍵を取り出した。

曾根を居間に通し、ソファに座らせると、そこから一歩も動かないようにきつく言って、井川は大滝を浴室へ連れ込んだ。ドアを閉めさせ、「いいか?」と小声で指示を出す。

「俺とお前はただの同居人だ。中学校の同級生で、俺がこっちの中学に転勤になって、たまたまここに住んでいたお前の部屋に間借りしているという筋書でいくぞ」

「井川に任せる」

自分はできるだけ黙っているから、なんとでもしてくれと大滝は両手を上げる。仕事帰りなので、シャワーだけ手早く浴びると言う大滝をその場に残し、居間へ戻った井川はソファの前に置かれているローテーブルの横に腰を下ろした。畏《かしこ》まって座っている曾根に「それで」と切り出す。

「お前はどういうつもりなんだ。補習も出ずに」

「進学しないと決めたんで、必要ないかと思いまして」

「あのな。それはお前の一存で決められることじゃないんだぞ。とにかく、今はまだ勉強しておけ。十二月の三者面談で親も交えてよく話し合おう」

「それですが、三者面談には父も母も出られないと言ってました。その頃は日本にいないとかで」

曾根があっさりと言うのを聞き、井川は眉間《みけん》に皺《しわ》を刻む。曾根の両親は多忙を理由に、三年生になってからの三者面談をすべて欠席している。電話では一、二度、話したことはあるものの、本人に任せているという短い返答しかなかった。

だが、志望校を決定しなくてはいけない十二月初旬の面談には必ず出席してもらわなければ困ると、文書で通知していた。曾根はそれを両親に見せたそうなのだが、二人ともの返答が「日本にいないから無理だ」というものだったという。

「電話なら話を聞くと言ってました。それも必要があるかどうか、疑問視していました」

「疑問視って…一人息子の進学先を決めるんだぞ」

「だから、言ったじゃないですか。あの人たちは俺に興味がないって」

肩を竦める曾根に返す言葉がなく、思わず口を噤《つぐ》んだ井川に、シャワーを浴びて出てきた大滝が声をかける。夕飯を作るが曾根の分も用意していいかと聞く声に、井川よりも先に本人が答えていた。

「いいんですか?」

「ついでだ。腹が減っただろう」

「ありがとうございます」

曾根が嬉《うれ》しそうに礼を言うのを目にしたら、反対はできなくなってしまう。井川は溜め息をつき、答えの想像がつく質問を向けた。

「家に帰って食わなくてもいいのか?」

「誰もいませんから。帰りがけに何か買って帰ろうと思っていたので、ありがたいです」

やっぱりな…と思って、胡座《あぐら》をかいた膝《ひざ》で頬杖をつく。井川にとっては生徒を部屋に入れるのもNGだし、ましてや、一緒に食事をするなど、ありえない話だった。曾根を眇めた目で見て、このことは絶対に誰にも言うなと釘《くぎ》を刺す。

「…先生の家に入ったことですか?」

「飯を食ったこともだ。俺の主義に反するんだ。こういう真似《まね》は」

「わかりました」

曾根は素直に返事をしたが、本当に守るかどうかは怪しいところだと疑っていた。この前、二度と部屋を訪ねてくるなと念を押した時だって、曾根はわかりましたと返事をした。本当にわかっているのかと、確認する井川に、曾根は微かに眉をひそめる。

「わかってます。第一、誰に言うんですか? 俺、友達いないのに」

「……」

曾根がさらりと言うのを聞き、宇都宮に友達がいなかったんじゃないかと聞かれたのを思い出した。確かに、中学生だった頃の自分に曾根は似ているのかもしれない。ただ、教師の家を訪ねるような真似はしたことがなく、曾根の方が幾分か純粋であるような気がした。

あの頃の自分は…教師などいてもいなくても同じだと思っていた。教師よりも自分の方が賢いと思っていたし、教師と関わるのは時間が無駄になるだけだと思っていた。改めて考えると、なんて嫌な奴だったんだろうと深く自省してしまう。

「先生?」

思わず考え込んでいた井川を、曾根は不思議そうに見る。気まずい思いで咳払《せきばら》いをし、進学の話題に話を戻した。

「ご両親とはまた話すが…いくら興味がないと言ったって、進学しないというのには反対すると思うぞ」

「そうでしょうか」

「大体、お前、進学しないでどうするんだ？　働くのか？」

「まだ具体的には考えていないと言いましたよね？」

曾根から決意を聞いたのは先週の日曜だ。それから一週間も経《た》っておらず、考えがまとまっていないというのは納得できる。だが、だとしたら別の疑問が生まれる。

「じゃ、お前。何しに来たんだ？」

「……」

方向性が決まったので報告しに来た…というのならわかる。井川の方は話をしなくてはいけないと思っていたので、ちょうどよかったとも思えたけれど、先週と状況が変わっていないのだとしたら、曾根がわざわざ自宅を訪ねてきた意味がわからない。

井川の切り返しに曾根は答えることができず、言葉に詰まった。井川の頭にはある推測が浮かんで、眇めた目で曾根を睨むように見る。その時、キッチンから大滝が「できたぞ」と声をかけてきた。

ほっとした顔になる曾根に、内心で舌打ちをして、井川は立ち上がった。キッチンカウンターの上に用意されていた箸や皿などをテーブルへ運ぶ。二人掛けのテーブルは三人で使うには狭いが、仕方ない。曾根には脚立《きゃたつ》代わりに使っている丸椅子を持ってきて座らせた。

「簡単なもので悪いな」

親子丼に味噌汁《みそしる》、ウィンナーとキャベツの野菜炒《いた》めという献立は、いつもよりは簡素であるが、十分だ。とんでもないと首を振る井川と共に、曾根も同じような反応を見せた。

「全然簡単じゃないですよ。こんなの、すぐに作れるなんてすごいです」

「大したことじゃない。井川、ビールは？」

いつも晩酌をする井川だが、曾根がいるので、首を横に振った。自分に遠慮しているのだと気づいた曾根は、構わずに飲んでくださいと勧める。

「何言ってるんだ。生徒の前で飲めるか」

「先生って、頭固いですよね」

曾根が呆れたように言うのを聞き、井川はむっとして眉をひそめたが、大滝は噴き出していた。井川にぎろりと睨まれ、慌てて詫びる。そんな二人の様子を見て、曾根は素朴な疑問を向ける。

「先生と大滝さんはどういう友達なんですか？」

「中学時代の友人だ。大滝が元々この部屋に住んでて、俺がこっちの中学に転勤になった時に物件を探す暇がなくて、間借りさせてもらったんだが、お互いいろいろと便利なので今も同居してるんだ」

「…はあ」

用意していた作り話を蕩々《とうとう》と披露する井川に、曾根は戸惑った表情を浮かべる。そこまでは聞いてないけど…と書いてある曾根の顔を見て、井川はごまかすように「食え」と促した。

曾根は「いただきます」と手を合わせ、大滝の作った親子丼を食べ始める。一口食べてすぐに、顔を輝かせた。

「…美味しいです。大滝さん、料理上手ですね」

「普通だぞ」

「人が作ったものを食べるのは久しぶりです。手作りってやっぱ、美味しいな」

素直に言っているだけなのだろうが、曾根の発言は子供慣れしていない大滝の心を揺さぶるものだった。十年教師を続けている井川はよく似た環境下にある子供をたくさん見てきているので、諦観《ていかん》していた。曾根は食べ物を買える金を与えられているだけマシだともいえる。

夢中になって親子丼を食べている曾根を見ていた大滝が、なんともいえない顔つきを向けてくるのに、井川は小さく首を振った。同情は必要ない。最後まで責任の持てない同情は、自己満足にしか過ぎないと、学んでいる。

親子丼を三分の二ほど食べたところで、曾根は空腹が満たされてきたらしく、「そういえば」と声を上げた。

「大滝さんは何をしてるんですか?」

帰ってきた大滝がスーツ姿でなかったのを曾根は見ている。特殊な仕事なのかと聞く曾根に、大滝は微かに首を傾げた。

「特殊…な方かな。鳶《とび》…ってわかるか?」

「…ええと……建設業?」

自信なさげに聞く曾根に、大滝は苦笑して頷く。曾根の両親もその周囲の人間も、事務系の職種ばかりで、身体を使って働く人間には縁遠かった。どういう仕事なんですか? と大滝に具体的な説明を求める。

「鳶にも足場鳶やら、重量鳶やら、いろいろ種類があるんだが、俺がやってるのは鉄骨鳶っていう、高所で鉄骨を組む仕事だよ。今は赤坂の現場で働いてる」

「高所で鉄骨を組むって…高いビルを建ててるってことですか?」

「ああ。今の現場は三十階くらいまで組み上がったかな」

三十階…と感嘆したように呟く曾根をちらりと見て、井川はウィンナーとキャベツを箸でつまんだ。自分には絶対できないと思うことをやってのけている相手は、無条件に尊敬できるものだ。大滝の話を聞く曾根が純粋に感心しているのは、見ているだけでわかった。

「そんな高いところで働くのって、怖くないですか?」

「俺は元々高いところが好きでこの仕事に就いたからな。逆に楽しいけど」

「建設っていうと…工学部になるんですか？」

「工学部って…大学の？　まさか。工業高校しか出てないぞ」

大学を出ているものだと思い込んでいたらしい曾根に、大滝は驚いたように首を横に振る。

曾根がはっとした表情になるのを見て、井川はふんと鼻先で笑った。

「進学しないと言いながら、お前のものさしは学歴社会にしか通用しないようだな。まずは自分自身の見識を改めるところから始めた方がいいんじゃないのか」

「……」

「現実を見ろってことだ。餅《もち》は餅屋。お前にはお前に向く社会がある」

「…俺には向いてないと？」

「俺と同じでな」

井川に「同じ」と言われた曾根は、言い返そうと口を開きかけたが、結局何も言えなかった。冷めるから早く食えと言われ、しぶしぶ箸を動かす。大滝がジェスチャーで「厳しすぎる」と訴えてきていたが、井川は無視して味噌汁を飲み干した。

曾根が食べ終えるのと同時に、井川は「そろそろ帰れ」と言った。待ち構えていたかのような物言いに、曾根は不服そうな顔をしながらも頷いて立ち上がる。大滝に後片づけは戻ったら自分がやるので、置いておくように言って、曾根を促して玄関へ向かった。

大滝も玄関先までついてきて、気をつけて帰るように言った。曾根は大滝には笑みを向け、丁寧に頭を下げて礼を言う。

「ごちそうさまでした」

「いや。また……」

気軽な口調で「また来いよ」と言いかけた大滝を、井川はぎろりと睨んだ。大滝もしまったという顔になり、慌てて自分の口を手で塞ぐ。名残惜《なごり》しげな顔を見せる曾根を追い立てるように歩かせ、三階から一階へ下り、マンションの外へ出た。

「今日は突然、すみませんでした。ここでいいですから」

「何言ってんだ。こんな時間に一人で帰せるか」

何かあったら俺の責任じゃないか。仏頂面で家まで送ると言う井川に、曾根は困った顔で妥協案を提示する。

「じゃ、タクシーで帰りますから。先生にこれ以上迷惑をかけたくないので」

「……」

それならいいと頷き、井川は曾根とタクシーが拾える通りへ向かって歩き始めた。十一月になり、夜は冷え込むようになっている。珍客があったため、井川は着替えることもできず、スーツのままでいた。その上着は食事の時に脱ぎ、そのまま出てきてしまったのでシャツ一枚という軽装だ。一枚羽織ってくるんだったと後悔していると、曾根が呟くように言った。

「大滝さん、いい人ですね」

「…まあな」

「けど、先生に友達がいたってのは意外でした。俺と同じで、友達のいない人かと思ってました」

「……」

微妙に失礼な感想だが、図星でもある。実際、井川には大滝以外の友達はおらず、大滝も本当は友達ではなく恋人である。反論できずに黙っていると、曾根は苦笑してつけ加えた。

「大滝さんだから、ですかね。ああいう人が同級生だったら、俺も友達っていいなと思えたかもしれません」

「……」

そんなに簡単なものじゃない…と口から出そうになった一言を、余分だと思ってのみ込んだ。大滝とは中学の同級生であるのは本当だが、中学時代は友達というにはほど遠い関係だった。それが今は友達以上に親密な存在だ。人生何が起こるものか、わからない。

通りに出ると、タイミングよく、タクシーが走ってくるのが見えた。さっと手を上げた井川に気づき、車が近づいてくる。井川は曾根に乗るよう促し、ついでに二度目の念を押した。

「今日は仕方なく部屋に上げたが、今後は一切、こういう真似はしない。いいか。話は学校で聞く。絶対、うちを訪ねてくるな。俺には同居人がいるし、迷惑をかけるのは嫌なんだ」

「わかりました」

「それと、俺が大滝と同居してるのも、誰にも言うなよ」

「わかってます」

しつこく確認する井川に呆れたような顔を向け、曾根は開いたドアからタクシーの後部座席へ乗り込む。自宅のあるマンション名を告げ、井川に大滝への伝言を頼んだ。

「大滝さんにごちそうさまでしたとお伝えください」

「わかった」

気をつけて…と言い、走り去っていくタクシーを見送る。テールランプが夜の闇に消えて見えなくなると、井川は鼻先から息をついて空を見上げた。寒空にぽつんと一つだけ、星が輝いていた。


びゅうっと吹きつけてくる寒風に身を震わせ、背中を丸めた井川はマンションへ駆け戻った。玄関の鍵を閉め、「悪かったな」と大滝に詫びながらキッチンに入れば、後片づけは終わっていた。

「ごめん」

「大したことじゃない。それより、風呂入ってこいよ。外、寒かっただろう」

大滝の優しさに感謝しつつ、浴室へ向かう。寒さに震えていたから、まずはお湯に浸かって一息ついた。よく温まってから身体を洗い、再度、風呂に浸かってから出る。部屋着に着替えて居間へ行くと、大滝はソファで漫画を読んでいた。

「まったく、とんだ災難だった。大滝、迷惑かけて本当に悪かった」

愚痴りながらローテーブルの横へ腰を下ろす井川に、大滝は苦笑しながら立ち上がる。いつもは夕飯の時に晩酌をする井川だが、今日は曾根がいるからと言って飲まなかった。冷蔵庫から持ってきたビールを「ほら」と言って渡す大滝に、井川は深く頭を下げる。

「ありがとう。…先週、二度と来ないよう、念を押してあったんだが…。もう来るなと言っておいたが…万が一、来たとしても今度は絶対に部屋には入れないからな。大滝もそのつもりで頼む」

「俺は井川に従う。…けど、嬉しかったがな。俺は」

「何が」

「先生の顔してる井川が見られて」

ソファに座り直した大滝がにやりと笑って言う意味がすぐにわからなくて、井川は微かに眉をひそめた。ビールのプルトップを開けながら、「どういう意味だ?」と聞く井川に、大滝は曾根に見せる顔はいつもと違ったと指摘する。同じ職場で働いているわけじゃないから、お互いの仕事をしている姿を見たことはない。

「井川はやっぱ先生なんだなって思ったよ」

「…先生っぽかったってことか？」

普段、教師らしいと言われることは少ない。生徒の保護者と初めて会う時には決まって、「らしくない」と形容される。事実、井川はジャージが誰よりも似合わず、彼の持つ雰囲気は教師というよりも高級官僚に近い。大滝の感想は井川自身にも解せないもので、首を捻ってビールを飲んだ。

「らしくないと言われる方が多いんだが…」

「確かに外見はそうは見えないよ。だからこそ、真剣な顔で生徒の相手をしてるのが新鮮だったというか…。井川が働いてるところなんて、俺には見る機会がないだろう。だから、いつもと違う顔が見られて嬉しかったんだ」

「……」

大滝の説明は抽象的で、井川には正確に理解できないものだったが、置き換えて考えてみると想像はついた。井川も大滝が働いている姿を見る機会はない。だが、高層ビルの建築現場できびきびと働いている大滝を見ることができたとしたら…。

絶対格好いいだろうし、きっと惚《ほ》れ直すに決まってる。真っ先に浮かんだ自分の考えが恥ずかしくて、知らず知らずのうちに頬が赤くなっていた。

「…井川？」

目の前にいるのだから、気づかれるのは当然だ。井川は手にしていた缶を置くと、不思議そうに見ている大滝に近づいた。何を想像したのかは言えないけれど、行動には表せる。

「……」

ソファに座っている大滝に寄りかかるようにして口づける。大滝は突然のキスに驚いたような顔を見せたが、すぐに頬を緩めて口づけに応えた。

ひとしきり甘いキスを交わして、間近にある井川の顔を見つめて尋ねる。

「…どうした？」

恥ずかしさをごまかしたとは言えない。どうして恥ずかしく思ったのかを言わなくてはいけないからだ。井川はもう一度唇を重ね、長い口づけを交わしているうちに身体が熱くなってくるのを感じて、そっと大滝から離れた。

明日は土曜で、仕事のある大滝は早く起きなきゃいけない。大滝は構わないと言うだろうけれど、身体が資本の仕事だからできる限り負担をかけたくなかった。

唇を離した井川の意図は大滝にも読めていた。苦笑を浮かべて「いいのに」と言う大滝に、井川はわざと作った顰《しか》めっ面で首を横に振る。

「…駄目だ」

「じゃ、明日な」

大滝に引き寄せられ、耳元で甘い誘惑を囁かれると、思わず顔が赤くなった。驚いたように大滝が目を丸くするのが悔しくて、井川は鼻先から息をついて身体を離す。大滝が座っているソファに背を向け、残っていたビールを飲むと、後ろから抱きつかれた。

「っ…大滝…」

「…明日、話す」

「…?」

「大したことじゃないんだが、気にしてるだろう?」

先週、様子のおかしかった大滝に、何かあったのかと聞いたが、結局答えなかった。大したことじゃないと言われ、しぶしぶ納得していたものの、見抜かれていたのか。神妙な気分で黙っていると、大滝は甘えるように肩に顔を埋め「怒るなよ」と呟いた。

「……。怒られるようなことなのか?」

「くだらなすぎて」

井川は怒るかもしれない。大滝が心配そうに言うのを聞くと、すぐにでも聞きたくなったが、「先に寝るな」と言って立ち上がってしまった。本人は明日話すと言っているのだし、引き留めるほどのことでもない。井川は不承不承、「お休み」と言って寝室へ入っていく大滝を見送った。

次の日。大滝が出かけていってからしばらく後に、テニス部の練習が午前中にあった井川も、のそのそと起き出した。昨夜、曾根を送りに出た時に寒いと感じたが、朝にかけてさらに冷え込んだようで、エアコンをつけないとやっていられなかった。

間もなく本格的な冬がやってきて、毎朝、布団から出るのも辛くなる。大滝はどんな気温でも天気でも、一切の愚痴を言わずに、決まった時間に起きて出かけていく。やっぱりあいつは偉いなと感心しつつ、簡単な朝食を済ませ、洗濯や掃除も手早く終わらせた。

午前中の部活動は九時から十二時半までと決まっている。井川が九時前に男子テニス部が使用しているクラブハウス前に着くと、いつも通りやる気のなさそうな部員たちが寒そうに背中を丸めて座り込んでいた。井川を見つけた部長の香川が立ち上がり、「おはようございます」と挨拶する。それにつられて、他のメンバーも立って適当な挨拶をした。

「おはよう。寒いな。身体温めてからコートに行った方がいいだろう。グラウンド十周で」

「先生。十周はきついです。五周にしましょう」

「じゃ、間を取って八周」

「間になってません」

半周多いと指摘する一年生部員に、井川は顰めっ面を向けて、なんでもいいから走りに行けと乱暴に命じる。なまくらな返事で走りに行く部員たちを斜めに見つつ、井川は香川を呼び止めた。

「そういや、女《じょ》テニ。優勝したらしいな」

「はい。フルセットまでもつれ込んで……6—2、1—6、6—4…だったかな。接戦でしたが、気合い勝ちという感じでした」

「…お前、見に行ったのか?」

「女テニから応援に来るよう、言われたので」

都合のつく者は全員が行ったと聞き、井川は気の毒な気分になる。井川自身、豊島に会った時、応援に来いと言われたらどうしようと思ったのだ。ご苦労だったな…と労う井川に、香川は仕方なさそうな顔つきで軽く頭を下げ、走りに向かった。

生徒たちがだらだら走っているのを見ながら、井川は豊島の顔から真田を連想していた。真田が居酒屋で働いているらしいと聞いたのは先週の土曜だった。その夜、確かめに行った際、真田の姿はなかったのだが…。

後日、真田を問い詰めた時の反応は、疑いを濃くするようなものだった。絶対にやってると確信できて、自分にばれているのだとわかったことでやめてくれたらと願っただけで終わっている。真田には念を押したいと思っていたし、確認するためにもまたあの店に行ってみようと考えた。今日は土曜で、外食デーでもある。

昼過ぎまで男子テニス部顧問としての役割を務め、その後は職員室で所用を片づけ、夕方四時過ぎに自宅へ戻った。洗濯物を片づけたり、アイロンをかけたり、細々とした雑用をこなしているうちに夜になり、大滝の帰りを知らせるチャイムが鳴る。

「おかえり」

玄関まで出迎えに向かった井川は、何気なくロックを外してドアを開けた。土曜は大抵井川の方が家にいるので、迎えに出るのが常だ。ちょうど大滝が帰ってくる頃だったし、日常的に行っていることだから、井川が相手を確かめなかったのも無理はない。

「……………」

ドアを開けてすぐに聞こえるはずの、「ただいま」という大滝の声はなく、代わりに神妙な顔をした曾根が目の前に立っていた。井川は無言で三秒ほど、曾根と見つめ合った後、乱暴にドアを閉める。驚きと怒りが…それもかなりの大きさの…ごっちゃになったような感覚に襲われ、目眩《めまい》を覚えてドアノブを握りしめたまま俯《うつむ》く。

見間違い…じゃない。あれは曾根だ。…曾根には二度と来るなと言ったし、曾根も「わかりました」と答えたはずで…。

昨日の今日で、しかも、これで三度目だ。次第に驚きよりも怒りが大幅に増してきて、頬がひきつってくる。そんな井川の怒りを増幅するかのように、曾根はドアの向こうから「先生」と呼びかけてきた。

「……帰れ」

地の底から湧《わ》いて出たような低い声で井川は返したが、ドア越しの会話だったため、曾根には届かなかったようだった。「先生」と再度呼ぶ曾根に苛つき、今度は声を大きくして繰り返す。

「帰れ！」

「……すみません。でも…」

「でももくそもない！　二度と来るなと言ったはずだ！」

怒りに任せた大声で返すと、曾根は何も言わなくなった。しばらく沈黙が流れた後、足音が聞こえる。井川がそっとドアスコープから外を覗くと、曾根の姿は消えていた。諦めて帰ったのだろう。当たり前だと憤慨しつつ、玄関から居間へ戻る。

「一体、何を考えてるんだ、あいつは」

人との約束も守れないなんて、言語道断だ。成績がいいとか、賢いとか以前に、人としてのしつけがなってないのは問題だと、井川は一人で腹を立てていたのだが、間もなくしてまたチャイムが鳴った。

「…⁉」

まさか、曾根が引き返してきたのか？　頭に血が上るのを抑えきれない気分で、眉をひそめて玄関に向かう。ドアスコープから外を覗いて確認すると、曾根ではなく、大滝が立っていた。井川はほっと息をついて表情を緩め、玄関のドアを開ける。

「おかえり…」

今度こそ、大滝でよかった。そんな思いで出迎えた井川だったが、背の高い大滝の後ろに人影があるのを見つけて、険相に変わった。大滝に隠れるようにして立っている曾根が、神妙な表情で自分を見ている。

「下で会ってさ。井川に用があって来たって言うから…」

連れてきた…と言いながら、大滝は井川の怒りに気づいたようで、声を小さくしていく。曾根は一度追い返されたという話をしなかったのだろう。自分が失敗をしたと気づき、困った顔になる大滝の腕を摑み、井川はぐいと玄関へ引き込んだ。

曾根には声をもかけず、乱暴にドアを閉める井川に、大滝は外の様子が気になっている気配を窺わせて尋ねる。

「もしかして…、追い返していた…とか？」

「あいつにはうちへは二度と来るなと言ってある。大滝にも言ったよな？」

「ああ。部屋には入れないと聞いたから……外で話すかなって」

「…違う」

部屋に入れないだけじゃなく、訪ねてくるのも許さないつもりだったのだ。大滝は勘違いしていたのだとしても、曾根は自分の意図がわかっていたはずだと思う。そもそも、昨日の今日で、なんの話があるというのか。月曜日に学校で会うのだから、その時でいいはずだ。

火急の用件であったとしても、学校を通せばいい。自分と曾根は教師と生徒で、プライヴェートな時間まで共有するような間柄じゃない。いろいろな意味で苛つく井川に、大滝は肩にかけていたデイパックを下ろして、気になる一言を口にした。

「寂しいのかもしれないぞ」

「……」

大滝が曾根に同情しているのは感じていた。元々、大滝は人がいい。まめで面倒見もよいので、後輩にも慕われている。そんな大滝を好ましく思う時もあるが、どうしてと理解できない時もある。今は後者で、井川は大きな溜め息を吐き出した。

「寂しくて教師を慕うような奴には思えない」

「外でいいから、話だけでも聞いてやったらどうだ？」

大滝の勧めには頷けず、井川は中へ入って風呂に入るよう、促す。昨日も曾根に何をしに来たのか聞いたが、具体的な答えは返ってこなかった。実際、大滝の指摘は当たっているのかもしれない。曾根は寂しくて…、つまり、用もないのに暇つぶしで訪ねてきているのだとしたら…。

相手にしてられないと溜め息をついて、大滝がデイパックから出した弁当箱と水筒を洗った。自分が怒っているのを曾根は理解しているだろうし、あんな態度を取ったのだから、帰っただろう。そう考えていた井川だったが、風呂から出てきた大滝が「まだいるぞ」と言うのを聞いて、眉をひそめた。

大滝は玄関のドアスコープを覗いて確かめてきたらしい。険相で溜め息をつく井川に、大滝は外へ食事に行くんだよなと確認する。

「ああ…」

土曜は外食と決めているし、大滝が帰ってきたら出かけようと思っていた。曾根がいるからといって家にこもるのも癪《しゃく》な話だと考えていると、大滝があいつも誘ってやろうと井川にとってはありえない提案をした。

「はあ?」

「いいじゃないか。ついでだし、そこで話を聞いてやれば」

「何言ってるんだ。俺は…先週のあの店に行こうと思ってて…」

「じゃ、行こう」

決まったとばかりに手を叩《たた》き、大滝はさっさと玄関へ向かう。冗談じゃないと思いつつも、井川自身も曾根が気になっていて、強く反対できなかった。暇つぶしに決まっている。寂しいと甘えるような奴じゃない。そう思いながら、同時に、人間を観察する自分の目が大滝よりもずっと劣っているとわかっていたからだ。

玄関を開けた大滝は、ぽつんと立っていた曾根に「飯を食いに行かないか」と誘った。曾根はぱっと顔を輝かせて頷く。大滝の誘いに嬉しそうに頷くなんて、つまり、自分じゃなくて大滝に会いに来たのではないか。そんな疑いを持ちつつ、促してくる大滝にしぶしぶ従い、井川は二人の後についていった。

先週と同じく、門前仲町の店まではタクシーで向かった。曾根の真意を測りかね、考え込んでいた井川は、大滝に続いて店に入ろうとしたところではっとした。わざわざ、自宅から離れた店にまで先週に続けて来たのは、真田の一件があったからだ。

もしも、真田が働いている場面に出会したら…。曾根を連れて入るのはまずい。慌てて大滝を引き留めようとしたものの、すでに出迎えた店員に人数を告げていた。

「三人様ですね。お座敷でもいいですか?」

「井川、どうする? カウンターにするか?」

先週のことを覚えている大滝が聞いてくるのに、井川は首を横に振る。曾根が一緒なのだから、先週とは事情が違う。引き戻せない雰囲気だったので、仕方なく座敷の方がいいと答えた。

案内されたのは個室風の座敷で、これなら真田が働いていたとしても曾根の目には触れないだろうと、安心する。四人掛けの掘りごたつに、曾根は大滝と並んで座り、その前に井川が腰を下ろした。

「よく来る店なんですか?」

「いや…、先週初めて来たんだが…」

曾根に聞かれた大滝は言葉を濁して井川を見る。井川は与《くみ》しやすい大滝とばかり会話している曾根をじろりと見て、「いいか?」と確認する。

「お前が話があるって言うから、こうして大滝にもつき合ってもらってるんだ。早く話せ。話して帰れ」

「井川。俺のことはいいから…」

「よくない。昨日だって何しに来たのかわからない感じだったのに、今日も来るなんて。一体、何を考えてるんだ。それに、二度と来るなと言って、お前もわかりましたって返事をしたじゃないか」

「そうですけど…。本当に用があって…」

「だったら、それをとっとと話せ」

不機嫌そうに曾根を急《せ》かしつつ、井川は注文を取りに来た店員にオーダーを告げた。曾根がいるから、またビールを飲めない。それも苛つきの原因で、ウーロン茶を三つと無愛想に頼んで、大滝に食べたい物を注文するよう勧める。

串揚《くしあ》げや焼き鳥の盛り合わせ、大根サラダなど、大滝は曾根にも希望を聞いて何品か注文した。店員は手際よく受け答えした後、最後に申し訳なさそうな顔で、料理が出るのが少し遅れるかもしれないと告げる。

「調理場が立て込んでまして…なるべく早めに出しますので。すみません」

先に謝られてしまっては何も言えず、「わかりました」と了承した。飲み物だけはすぐに運ばれてきたので、井川はウーロン茶のグラスを掲げ、仕事だった大滝を「お疲れ」と労う。

「井川も部活、あったんだろ？」

「午前中だけな」

「男子テニス部でしたっけ？」

何気なく会話に入ってくる曾根を井川はぎろりと睨んだが、大滝は快く受け入れる。お前は何部だったんだ？　と聞かれた曾根は、「卓球です」と答えた。常磐第二中では受験生である三年生は夏の大会で部活動を引退すると決まっている。三年の曾根はとうに部活動は辞めていた。

「大滝さんは何をやってたんですか？」

「俺はバスケ。背が高いからって無理矢理誘われて。でも、球技は苦手なんで苦労した覚えしかないな」

「…先生は？」

ついでのように聞く曾根に、井川は仏頂面で「科学部だ」と答える。はあ…と相槌を打った曾根は、不思議そうにテニスをやっていたんじゃなかったのかと尋ねた。井川は眉をひそめて首を横に振り、お通しに運ばれてきた枝豆を摘まんだ。

「男子テニス部の顧問は他に誰もいなくて、無理矢理押しつけられたんだ。テニスなんて体育の授業以外でやったことはない。それに俺は運動音痴で、身体を動かすのは苦手だ」

「意外です。先生は万能のタイプかと思ってました」

「料理も苦手だぞ」

大滝が苦笑してつけ加えるのに、井川は反論できなくて肩を竦めた。へえ…と頷く曾根に、「ところで」と本題を切り出そうとしたが、大滝への問いかけで遮られる。

「高校でもバスケを?」

「いや。高校はボルダリング部があったんで、それに結構はまったな」

「ボルダリングって…あの、壁とか登るやつですよね? そういう部活があるのって珍しくないですか?」

「好きな先生がいて…元々は山岳部だったのを、部員が集まらないってことで、変えたらしかった」

今も大滝は時折、高校時代の友人に誘われて出かけていくことがある。好きなボルダリングの話を楽しそうにしている大滝を邪魔するのも悪く、井川は曾根を追及したい気持ちを抑えて、ちびちびウーロン茶を飲んでいた。

それがビールであればお代わりもできたのだが、喉も渇いていないのに、ジョッキに入ったウーロン茶を空にするのは難しい。しかも、店員の宣言通り、料理がちっとも運ばれてこなかったから余計だ。

お通しに出された枝豆は小さな皿にお愛想程度しか入っておらず、次第に空腹もひどくなってくる。仕事帰りの大滝は余計だろうと思うと、つい、「遅いな」という言葉が漏れた。大滝も井川の呟きに頷き、座敷の向こうを覗くような素振りを見せる。

「時間がかかるとは言ってたが…」

「聞いてみますか？」

すぐに店員を呼ぼうとする曾根に、井川はもう少し待ってみようと提案した。時間がかかると前置きされている。もうすぐ来るかもしれないし…という言葉通り、タイミングよく「お待たせしました」という声が聞こえた。

待ち遠しかった食事が運ばれてきたのはありがたかったが、その声がいけない。

「‼」

聞き覚えのある声は顔を見なくても、真田だとすぐにわかった。紺色《こんいろ》のTシャツとエプロン姿で頭にタオルを巻いた真田は、まさかこんなところに井川がいるとは思っていなかったのだろう。眉間に皺を刻む井川にはまったく気づかず、長い時間、待たせていた客の怒りを買わないように、低姿勢で「すみません」と詫びる。

「焼き鳥と大根サラダになります。大変お待たせして申し訳……」

ありませんでした…と言いながらテーブルに皿を置いた真田は、そこでようやく三人いる客のうち、二人が知った顔であるのに気がついた。はっとした表情になり、慌てて背を向け、逃げ出そうとする真田の服を井川は咄嗟に摑む。Tシャツの後ろ身頃を握られた真田は、首が絞まると井川に抗議する。

「っ…苦しい…！　離せよ…！」

「逃げるな！　騒ぎになって困るのはお前だぞ！」

手を振り払おうとして暴れる真田を、井川は鋭い声で脅す。ぴたりと動きを止めた真田は、ひどく嫌そうな顔を作って、勘弁してくれと井川に頼んだ。

「マジで今、忙しいんだって。店回ってないから、井川の相手してる暇ないんだ」

「何言ってんだ。中学生が働いてもいいと思ってるのか」

「しーっ！　だから、後で説明するし！」

「後じゃなくて、今しろ」

「だから！　忙しいんだってば！」

真田のTシャツを離さずに食い下がる井川を、「ちょっと待て」と止めたのは大滝だった。店が立て込んだ状態であるのは、料理を延々待たされたことでもよくわかる。今、真田を説教して足止めするのは得策ではないと判断してのことだった。

「井川。他のお客さんにも迷惑だし、後にしてやったらどうだ。かえって店に迷惑がかかるぞ」

「……」

　大滝の意見は一理あるもので、井川は仕方なく真田を解放する。だが、働くのを認めたわけではないと知らせるためにも厳しい表情を作って、仏頂面でいる真田に、絶対に逃げるなよと強く言い渡した。

「逃げたらここの経営者に事情を話して、どういうつもりなのか、問い質《ただ》すからな。中学生と知って働かせていたのなら、問題になるぞ」

「待てよ。店長は関係ないんだって」

「だったら、店が落ち着いたらすぐに説明に来い」

　真田は険相で井川を睨んでいたものの、しぶしぶ頷き、お盆を手に調理場の方へ姿を消した。指示に従うかどうかは怪しかったが、現場を押さえられている以上、真田が弱い立場であるのは間違いない。

　同じA組の生徒である曾根はもちろん真田を知っていたが、二人の迫力に圧倒されて一言も発していなかった。真田が下がっていくとようやく、驚いた顔で井川に尋ねる。

「先生、ここで真田が働いてるって知ってたんですか?」

　すかさず真田を捕まえた井川の反応は、偶然見つけたというには俊敏すぎた。本当は他の生徒に知られたくはなかったのだが、真田が働いていた事実を目の当たりにした曾根をごまかすことはできず、井川は肩で息をついて頷く。

「そうらしいって噂《うわさ》を聞いてたんだ。…あいつにも事情があると思うから、誰にも言うなよ」

「わかりました」

「…お前の『わかりました』は信じられないがな」

「これは本当に言いません」

真面目な顔の曾根は信用できそうだったが、井川にとっては納得がいかなかった。これは、ということとは、家を訪ねてくるなという自分との約束は守る気がなかったということなのか。解せない気分になりつつも、真田が運んできた料理を大滝に勧める。一番、腹を空《す》かしているのは、労働後の大滝である。

大滝は焼き鳥の盛り合わせから、ももを選んで取った。もぐもぐと食べながら、先週もこの店に来たのは、その噂を井川が確認するためだったのだと曾根に打ち明ける。

「先週はいなかったんだがな。親戚《しんせき》の店で、人が足りない時に呼ばれて働いてるとかなんじゃないのか?」

「わからん…」

よしんば、そういう事情があるにせよ、中学生を働かせるのはまずいだろう。それに店の雰囲気的に、家族経営で、子供を手伝わせているというようには見えない。好意的な見方をしようとする大滝に首を捻り、井川は砂肝《すなぎも》の串を手にした。

次に料理を運んできたのは真田ではなく、忙しそうな店員に店の事情についての探りを入れられるような余裕はなかった。その後も奥まった場所にある座敷から店内の様子に気をつけていたが、真田の声や姿は見聞きできなかった。井川に見つかったこともあって、調理場の仕事に専念しているのだろうと思われたが、逃げたのでは…という疑いも消せなかった。

注文していた料理がすべて並び、三人のお腹《なか》もようやくこなれた頃だ。真田の動向を気にかけていた井川の前に、仏頂面の当人が顔を出した。

「なんで曾根までいんだよ?」

頭のタオルを取り、エプロンも外した真田は、どかりと座敷の端に腰を下ろして曾根を睨むように見る。同じクラスとはいえ、優等生の曾根と、多数派からは外れている真田に接点はない。曾根は困ったように井川を見て、井川は事情を聞きたいのは自分の方だと真田に返した。

「この前聞いた時、違うって言ったじゃないか」

「認めるバカはいないだろ」

「中学生はアルバイトしちゃいけないってわかってるだろう。それとも、ここはお前の家で、手伝いでもしてるっていうのか?」

真田の父親は清掃関係の仕事に就いており、居酒屋を営んでいるという話は聞いていない。そういう事実を摑んでいながら、敢《あ》えて尋ねる井川に、真田は嫌そうな顔を向けて首を横に振った。

「違うって知ってるじゃん。なんでそういう聞き方するかな。…知り合いの店なんだ。人手が足りなくて…忙しい時だけ、厨房《ちゅうぼう》を手伝って欲しいって頼まれて…。高校生だってことにしてあるからさ。頼むよ」

「都合のいい時だけ高校か？」

真田も曽根と同じで、進学しないと言い出している。呆れた顔で言う井川に、真田は「頼むって」と繰り返す。

「マジで迷惑かけるわけにはいかないんだ。兄貴の知り合いでもあるし…」

「だったら、お前が中学生だって知ってるんじゃないのか？」

「うち、兄弟多いから」

誰が誰だかはわかってないと思う…と言う真田に、嘘をついている様子はない。真田の家は経済的に恵まれてはおらず、贅沢《ぜいたく》のためやつき合いで働いているのではないのは井川もわかっていた。しかし、だからといって容認するわけにもいかない。

厳しい表情のまま、「とにかく」と真田に結論を言い渡す。

「中学生のアルバイトを認めるわけにはいかない。それにお前は受験生なんだぞ」

「高校は行かないって言っただろ？」

「え、真田も？」

うんざりした顔で真田が井川に返した言葉を聞き、曾根が反応を見せる。「真田も?」という問いかけは驚きだったらしく、真田は曾根をまじまじと見た。

「…今、なんて?」

「俺も高校行かないことにしたんだ」

「は? 何言ってんの、お前。お前、学年で一番とかじゃん」

ありえなくない? と曾根を指さして聞いてくる真田に、井川は答えようがなくて頭を掻く。水と油ほども頭の中身も方向性も違うというのに、同じ内容で自分を困らせている二人を、井川が溜め息をついて見比べた時だ。チノパンのポケットに入れてある携帯が鳴り始めた。

取り出した携帯を開けば、見知らぬ番号が表示されている。怪訝に思いつつもボタンを押した。

「…はい?」

『井川先生ですか? 常磐第二中の宮崎です』

誰かと思えば、教頭の宮崎で、井川は目の前にいる生徒二人に「しーっ」と声を出さないようにジェスチャーで指示を出してから、「何かありましたか?」と聞いた。休日である土曜の夜。教頭がわざわざ電話をかけてくる理由は、事件性のあるトラブルが起こったからに他ならない。

教師生活も十年目を数え、大体の予想はつくようになっている。井川の問いかけに対する宮崎の答えは、案の定と思えるものだった。

『先生のクラスの宇都宮が補導されたと警察から連絡がありまして…』

「宇都宮…ですか」

通常、警察が生徒を補導しても、すぐに学校へ連絡は来ない。大抵の場合、その場で身元を確認する程度で解放されるから、警察署まで連れていかれることも滅多にない。警察署に留め置かれた場合でも、相当な事件を起こしていない限り、保護者が迎えに行けば帰してもらえる。

だが、補導されたのが宇都宮だと聞き、自分に連絡が回ってきたのも仕方ないかと思う。溜め息を押し殺し、井川は宮崎に何をして補導されたのかと尋ねた。

『他校の生徒と殴り合いになったそうで』

「殴り合い…ですか…」

『宇都宮が保護者の連絡先を教えないそうで、深川《ふかがわ》中央署からこちらに連絡があったんです』

「深川中央署ですね。わかりました。私が行ってきます」

お願いできますか…と言う教頭は、最初から関わるつもりはなかったようで、すぐに通話を切った。携帯を畳んで抑えていた溜め息をついた井川は、じっと見られている視線を感じ、俯かせていた視線を上げる。すると、自分の周囲にいた三人が瞬《まばた》きもせずに様子を窺っていた。

「宇都宮って、うちのクラスの宇都宮ですか？」

「殴り合いかよ。やるな、あいつ」

曾根と真田にとっては同級生でもある。生徒の前で不用意に受け答えをしてしまった自分を後悔しつつ、二人に口止めをした。補導されるような騒ぎだ。すぐに噂は流れるだろうが、ネタ元にはなりたくない。

「誰にも言うなよ。…悪い、大滝。ちょっと行ってくるから、会計頼めるか？」

「わかった。気にするな」

「それと、曾根をちゃんと家に帰してくれ。…真田。お前も家に帰れよ。バイトの件については月曜にもう一度話し合おう。それと、補習は出ろ」

厳しい教師の顔で曾根と真田をぎろりと見て、井川は一人で先に店を出る。通りを走ってきたタクシーをつかまえ、「深川中央署まで」と告げてから、シートに深々と凭《もた》れかかった。曾根がなんの用で訪ねてきたのか聞けなかったし、真田への説教も中途半端な形で終わってしまった。まったく、なんて日だ。そう思ってから、まだまだ終わっていないのだと気づき、暗澹《あんたん》たる気分になった。

深川中央署は井川のいた門前仲町の居酒屋からワンメーターのところにあり、歩いても来られたと悔いたが、とても歩く気力は湧かなかったとも思った。せめてもの幸運だと思えるのはビールを飲んでいなかったことだけだ。タクシーを降りて、深川中央署の正面入り口へ向かう。午後九時近くなっても警察署へ出入りする人間は三々五々いて、受付で事情を話して案内を受けた。

生活安全課を訪ねると、人気《ひとけ》のないフロアの隅に置かれたベンチにに、宇都宮がぽつんと一人で座っていた。その顔には傷があるのが、遠目にもわかる。井川が眉をひそめつつ近づいていくと、足音に気づいた宇都宮が視線を上げる。

「…先生…」

「何してんだ」

宇都宮の隣にどさりと音を立てて腰を下ろす。小さな声で「ごめん」と謝る宇都宮を、井川はちらりと横目に見た。

「…怪我《けが》してるじゃないか。手当は?」

「……」

下を向いた宇都宮の頬にはすり傷があり、おでこには血の跡も見える。髪は乱れており、上に羽織ったファーコートの飾りも取れてしまっていた。殴り合いと聞いたが、一体、誰とこんなになるまでやり合ったのか。

怪訝な思いで見ていると、かつかつというヒールの音が聞こえる。「先生ですか？」という声に振り返れば、紺色のパンツスーツを着た、三十代半ばほどの女性が歩いてくるのが見えた。

堅い雰囲気からも警察の人間であるのがわかり、井川はさっと立って頭を下げた。

「常盤第二中の井川です。このたびはうちの生徒がご迷惑をおかけして申し訳ありませんでした」

「生活安全課の清水《しみず》です。…こちらに」

清水は手前の部屋のドアを開け、井川に入るよう、勧めた。井川は座っている宇都宮に待っているよう言い、清水と共に小部屋へ入る。机と椅子が二脚置かれただけの簡素な部屋は、取り調べ室のようで、落ち着かない気分で室内を見回す。

「どうぞおかけください」

「ありがとうございます。…あの、それで宇都宮は何を？　こちらへ来るよう、連絡を受けただけで、詳しいことは何も聞いてないんですが…」

パイプ椅子に腰掛けた井川が早速聞くのに、清水はその前に座って答える。事件が起きたのは二時間ほど前。午後七時過ぎ、進学塾に通う別の中学の生徒たちと口論になり、それが喧嘩に及んだようだと、清水は説明した。

「相手も女子で…三対一だったようですね」

「はあ…。喧嘩の原因は？」

「宇都宮さん自身は話してくれなかったんですが、一緒にいた…寺本栞奈という子が話してくれました。ご存知ですか？　寺本さんも常盤第二中の生徒のようですが」

「知っています。宇都宮の友人です」

二人とも井川が担任するA組で、補習にも参加している。寺本も喧嘩に巻き込まれたのかと聞くと、清水は首を横に振った。

「いえ。でも、原因は寺本さんだと、本人は言ってます。さっきまでここにいたんですが、ご両親が迎えに来られて、連れて帰られました」

「そうですか…。寺本が原因だというのは？」

「宇都宮さんと喧嘩になった三人は、元々、寺本さんの知り合いだったようです。文房具の貸し借りで揉めて、宇都宮さんが間に入ってくれようとした…と言ってましたが、金銭が絡んでいるように見受けました。寺本さん本人ははっきり言いませんでしたが、おそらく、恐喝されていたのではないかと」

「…じゃ、宇都宮は寺本を庇って…？」

「そのようです。でも、原因がなんであれ、先に手を出したのは宇都宮さんのようですし、相手の子も宇都宮さんよりはずっと軽傷ですが、怪我をしています。一度、保護者と共に謝りに行かれた方がいいかと思いますが…」

清水の提案は頷けるもので、井川は「わかりました」と返事をした。ただ、清水も保護者の連絡先を頑《かたく》なに教えない宇都宮が気になっていたようで、事情があるのかと井川に聞いた。

井川は苦笑を浮かべて、宇都宮の家庭事情について説明する。

「宇都宮の母親はフィリピンの出身で、日本語がほとんど話せないんです。仕事も夜ですから、今は連絡が取れない時間帯でしょう」

「そうですか。そう話してくれればよかったんですが……。怪我の手当てもさせてくれなくて」

自分がやりますと請け負い、井川は喧嘩相手という三人の学校名と連絡先を聞く。清水がメモしてくれた紙片を受け取り、世話をかけたのを改めて詫びた。清水は苦笑して首を振り、逆に井川を労う。

「先生も大変ですね。最近は女子の方が元気ですから」

「まったくです。女子が殴り合いで補導なんて、昔はありえませんでしたが…」

肩を竦めながら清水と共に部屋を出ると、宇都宮がはっとした顔を上げるのが見えた。井川は清水と共に近づき、宇都宮に迷惑をかけたのを謝るように言う。渋い表情でおざなりに頭を下げた宇都宮に「帰るぞ」と声をかけ、清水に改めて礼を言って生活安全課を後にした。

宇都宮が後をついてきているのを確認しながら、まずは怪我の手当てをしなければいけないと考えていた。だが、病院に連れていった方がいいかどうかは、判断に悩むところである。

「…顔以外に怪我は？」

「……。後ろから蹴《け》られたんで、背中がちょっと痛い…」

「じゃ、やっぱり病院に行った方がいいな」

井川が「病院」と口にするのを聞き、宇都宮は目を丸くして驚いた。そんな必要はまったくないと、慌てて訴える。

「そんな大袈裟《おおげさ》な！　大丈夫だって、このくらい」

「だが…」

平気だと繰り返し、宇都宮は顔の傷も家に帰って手当てするから心配しなくてもいいと言った。病院などに連れていかれたら迷惑を被るのは自分の方だと憤慨するのが、筋違いのような気がして、井川は眇めた目で宇都宮を見る。

「お前な…。俺に迷惑をかけてるって自覚はあるのか？」

「…あるよ。ごめんって謝ったじゃん」

「…まったく…。寺本を庇ったんだって？」

「………」

「詳しく話せ。明日はお前が喧嘩した相手のところへ謝りに行かなきゃいけないんだから」

「はあ？　何言ってんの。悪いのは向こうだよ？」

井川が「謝りに行く」と言ったのに、宇都宮は激しい反応を見せた。傷だらけの顔で目を剝いて怒る様子は真剣で、殴り合いまで至ったのにはそれなりの事情があるのだと読める。だが、決して暴力は振るってはいけないとも教えなくてはいけない。後ろを歩く宇都宮を振り返り「あのな」と諭しかけた時だ。「井川！」と呼ぶ声がどこからか聞こえ、眉をひそめる。

それが大滝の声であれば、井川も険相になりはしなかった。心配して来てくれたのかと、ありがたく思えるほどだ。だが、「井川」と呼び捨てにした声は大滝のものではなく…。

「っ…⁉　あいつら…」

真田の声がどこから聞こえたのかと姿を探せば、正面入り口の向こう、深川中央署の敷地の外で真田と曾根、大滝の三人が並んで立っているのが見えた。大滝はともかく、真田と曾根がどうしているのか。

そんな疑問は宇都宮も当然抱いており…。

「真田？　曾根もいるじゃん。なんで？」

怪訝そうに聞く宇都宮に説明するのは難しい。離れたところにいても、大滝が申し訳なさそうな顔でいるのがわかる。二人に押し切られて、つき合わざるを得なくなってしまった…というところか。疲れきった井川の溜め息は深く闇《やみ》に沈んでいった。

宇都宮を連れて深川中央署を出た井川は、通りで待っていた三人と合流した。大滝は井川と目が合うなり、「すまん」と申し訳なさそうに謝る。大滝を責めるつもりはない井川は首を横に振り、真田と曾根を睨むように見た。

「なんで、お前らがいるんだ。家に帰れと言っただろう」

「だって、気になるし。…宇都宮。すげえ顔になってんぞ」

「うるせえ。お前こそ、鏡見ろ」

「なんだと？」

「やめろって、二人とも。警察の前だ」

曾根に注意された真田と宇都宮は瞬時に口を閉じる。教師には口ごたえを欠かさないのに、優秀な同級生には従ってみせるという道理が、井川には理解できない。うんざりした気分になって、この場で解散を言い渡したくなったが、宇都宮には話を聞かなくてはいけない。井川が改めて大滝に曾根と真田を送ってくれるよう、頼もうとする前に、どこまでも勝手な生徒三人は共に歩き出してしまう。

「なんであんたたちが一緒にいんの？」

「いろいろあんだよ。なあ、曾根」

「一緒にいるというか、成り行きでね」

おいおい…と後ろから突っ込みを入れても、軽く無視して行ってしまう三人を険相で睨む井川を、大滝は苦笑して「お疲れ」と労った。お疲れなのは仕事だった大滝の方で、警察にまでつき合わせてしまっているのに、申し訳ない気分で井川は謝った。

「…悪いな。おかしなことに巻き込んで」

「こっちこそ、ごめん。様子を見に行こうとするのを止めたんだが、二人でも勝手に行きそうだったんで、せめて俺がついてた方がいいかと思って、一緒に来た」

真田と曾根の行動を制御できなかったと大滝は詫びるけれど、井川だって思うようにはいかないのだ。とんでもないと首を振りつつ、前を歩く三人に声をかける。少し先にドラッグストアがあるので、そこで宇都宮の怪我を治療する消毒薬などを買おうと提案した。

ぞろぞろと五人でドラッグストアに入り、治療のためのあれこれを買い込んで、近くにある公園に移動した。宇都宮は家で手当てすると言っていたが、保護者は不在だろうし、十分な治療具があるとも思えない。照明の下のベンチに集《つど》い、井川は宇都宮を座らせて、消毒薬のパッケージを破る。

「…ちょっと染みるぞ」

「っ…痛いって…！　優しくやってよ」

「十分優しい」

自腹で治療のためのいろいろを買って、手当てしているだけでも感謝してもらいたいくらいだ。だが、なんでもしてもらって当たり前の年頃を相手に、何を求めても無駄だとわかっている。井川は仏頂面で淡々と宇都宮の治療をしていった。

「しっかし、女同士で殴り合いってどうよ?」

「うるせえ。マジむかついたんだから。あいつら、性格悪すぎなんだよ」

「寺本をいじめてたって奴らか?」

「……」

溜め息交じりに確認する井川に、宇都宮は無言を返す。唇をぎゅっと結んで黙りこくる宇都宮の額にガーゼを当て、大滝が切って渡してくれるテープで留めた。

「清澄西中の生徒だと聞いたが…。塾の知り合いか?」

「……」

「宇都宮。明日には相手に謝りに行かなきゃいけない。詳しい事情を話してくれないと、俺も対応に困るんだ。お前はいつも俺には反抗的だけど、無闇に人に喧嘩を売るような奴には思えない。手を出したのにはお前なりの理由があるんだろう?」

井川に諭されても、宇都宮は沈黙したままだった。その様子に真田と曾根も戸惑いを覚え、互いの顔を見合わせる。軽口も叩けない雰囲気は、井川の言う通り、確かな事情があっての喧嘩だったと物語っていた。

宇都宮の手当てを終えた井川は、残ったガーゼを大滝に渡し、仕方なさそうに寺本の名前を出した。

「…お前が話せないというなら、寺本に聞くしかないな」

「…栞奈は関係ないよ」

「だが、寺本は刑事さんに自分のせいだと言ってたらしいぞ」

「……」

しばらく考え込んでいた宇都宮だったが、よほど寺本を巻き込みたくなかったのか、しぶしぶ口を開いた。喧嘩相手は寺本栞奈が小学生の頃に通っていた英語塾からの知り合いなのだと、ぽつぽつ話し始める。

「栞奈とは…小学校の時はあんま仲良くなくて…中学で同じクラスになってから、仲良くなったんだ。だから、知らなかったんだけど、栞奈はあいつらに昔金を取られてたんだって。…でも誰にも言えなくて、中学になって英語塾を辞めて、それで縁が切れてほっとしたらしかったんだけど、中三になって、あいつらが栞奈の通ってる塾に入ってきてさ。それで…」

「またカツアゲされるようになったのか?」

呆れたように聞く真田に、宇都宮は唇を突き出して頷く。寺本の様子がおかしいのに気づいた宇都宮は、塾まで乗り込んでいって、相手にやめるよう迫ったのだと言う。

「それで…いったんはなくなって…。私もできるだけ栞奈の塾についていくようにして、見張ってたんだけどさ」

それを聞いて、井川は補習の時に宇都宮が寺本の塾の時間を気にしていたのを思い出す。塾にまで一緒に行く必要などないと言った覚えがあるが、そんな理由が隠されていたとは。複雑な心境で見る宇都宮の顔は、傷痕が一層痛々しいものに感じられた。

「あいつら、栞奈を脅して私に言わないようにさせて…またこそこそやってたんだよ。…マジで…許せなくて…」

つい摑みかかったら、向こうが三人全員で殴りかかってきて、乱闘になったという経緯を、他の男四人は神妙な顔で聞き入る。男気ある行動だが、宇都宮は女子だし、乱暴というのはやはり誉められるものではない。井川は難しい顔で腕組みをして、「わかった」と言った。

「そういう理由があったにせよ、相手も怪我してるらしいから、明日、謝りに行くぞ」

「なんで？　悪いのはあっちだよ？」

「先に手を出したのはお前だろう」

「でも…」

「いいから。こういうのは先手必勝だ」

「せんてひっしょう？」

「早い者勝ちってことだよ」

意味がわからないという顔で繰り返す宇都宮に、曾根が苦笑して教える。それでも宇都宮は首を捻っており、曾根も疑問があって井川に尋ねた。

「先に謝った方が勝ちっていう意味ですか？」

「そういう道徳的な意味合いもあるが、相手方に釘を刺しておく意味でも、必要なんだ。後々めんどくさいことにならないためにもな」

ふんと鼻先から息をつき、井川は「さて」と言って立ち上がった。一人ずつ、家まで送っていくぞ…と言う井川に、三人全員が顔を顰めて首を横に振る。

「いいって。一人で帰れるし」

「子供じゃないんだから」

「何言ってんだ。お前らは全員未成年じゃないか。深夜徘徊《はいかい》で補導されるぞ」

「井川、知らないの？　深夜徘徊は十一時からだって」

まだ十時前だから大丈夫だと平然とした顔で言う真田を、井川はつべこべ言うなと叱《しか》ろうとしたのだが、三人寄れば文殊《もんじゅ》の知恵とでもいおうか。集団になると行動が大胆になるものだ。逃げよ…と言う宇都宮の声に従い、真田と曾根も井川に背を向けて走り出す。

「お前ら！」

ふざけるなと立腹したものの、追いかける気力は残っていなかった。確かに、補導されるには時間が早いし、三人にとっては生まれ育った街でもある。待てという言葉の代わりに、「気をつけろよ！」と叫び、ついでに宇都宮には明日電話すると伝えた。

聞いているのかいないのか。逃げていく三つの背中が見えなくなると、井川は深い溜め息を吐き出す。ドラッグストアの袋を手に隣に立った大滝は、しみじみした口調で「ご苦労様」と井川を慰めた。

曾根のせいでビールも飲んでいなかった井川を、大滝は飲んでいくかと誘ったのだが、涙をのんで断った。こんな気分で飲めば深酒してしまいそうだし、明日は宇都宮を連れて謝りに行かなくてはいけない。酒臭《さけくさ》い二日酔いの状態で出かけるわけにはいかなくて、井川は大滝と共にまっすぐ家に戻った。

風呂に入るよう勧められ、疲れた身体を温めて出てくると、大滝がビールを用意してくれていた。

「取り敢えず、飲めよ。ビールは大丈夫だろう」

「ありがと」

大滝の優しさが身に染みて、井川はありがたくプルトップを開けた。風呂上がりにはよく冷えたビールの爽《さわ》やかな喉越しが、一層たまらなく感じられる。ふうと息をつく井川に苦笑して、大滝は翌日の予定を聞いた。

「明日は朝から出かけるのか?」

「なるべく早めに済ませてしまいたいからな。九時…過ぎなら宇都宮も起きるだろう」

いつも、日曜日は大滝とまったり過ごすと決めている。部活動の試合などならともかく、生徒の個人的な用事で休みを邪魔されるのは、本当は不本意だった。不意なトラブルはつきものだとわかってはいるが、愚痴をこぼしたくもなる。

「まったく…いい加減にして欲しいよな。後先考えずに喧嘩なんかしやがって」

「宇都宮だったか…。あの子の親は？」

「見ての通り、あいつはハーフでさ。親は日本語、あんまできないんだよ」

宇都宮の親には一応、知らせるつもりではいたが、期待はしていなかった。下手に出てこられるより、自分が行った方が早いという考えもある。個人的なトラブルにはノータッチだと言い切ってしまうこともできるのだが、事情が事情だし、ここまで関わった以上、ある程度の落ちをつけてやりたかった。

「宇都宮は受験もあるし…あんま大きな騒ぎにならないうちに、なんとかしておきたいし」

「優しいな」

「人がいいだけだ」

情けない気分でそう言って、ビールを飲み干す。ソファに寝そべっている大滝の身体に凭れかかるようにして身体を預けると、頭を撫でて「もう一本飲むか？」と聞いてくれる。井川は首を振り、背後の大滝を振り返った。

いろいろと気にかかることだらけだが…曾根の用というのはなんだったのかとか、真田にバイトを辞めさせなきゃいけないとか…それよりも、井川にとって重要なのは昨夜大滝が口にした約束だ。明日、話す。大滝はそう言った。

「…話って？」

「………」

井川に聞かれた大滝は一瞬目を見開いて動きを止めた。自分の胸に顔を乗せ、真剣なまなざしで見てくる井川に、気まずそうな表情を向ける。

「……。また今度にしないか？」

「明日話すって言っただろ？」

「でも…今日は…井川、疲れてるだろう」

「それとこれは別だ」

生徒たちがどんな問題を起こそうとも、大滝の存在は別格だ。同列に考えられるはずがない。一度は聞かないでおこうかと思ったが、大滝自ら話すと言ったのだから、話して欲しい。じっと見つめる井川の視線の強さに根負けし、大滝は小さく息をついた。

「…昨日も言ったが…本当にくだらない話なんだ。怒らないか？」

「怒るなんて」

とんでもないと肩を竦める。毎日、子供の我儘《わがまま》に振り回されている身の上だ。大滝の話ならどんな内容だってくだらないとは思わない。真剣な表情で耳を澄ませる井川に、大滝は観念したように話し始めた。

「……仕事の仲間と話してて……そいつは結婚してて娘がいるんだけど、最近、話せるようになって…、『好き』って言われたんだと」

「…子供にか？」

「ああ。それが…思いのほか、嬉しかったらしくて……好きっていう言葉の大切さ…みたいなものを感じたらしいんだ」

「はあ……なるほど…」

真面目な顔で相槌を打ちながらも、井川は内心で確かに大したことのない内容だなと思っていた。たわいのない話である。大滝が思わせぶりな態度を取るから、もっとすごい話なのかと思って気にしてしまっていた自分を反省する。

それに、大滝が怒らないかと心配するような内容でもない。どちらかといえば、微笑《ほほえ》ましいじゃないか。そう思って、大滝に口づけた。唇を重ねてから、覆い被さるような体勢になって上から大滝を見つめる。

「…いい話じゃないか」

「……」

「……？　まだ続きが？」

物言いたげな顔をしているのに気づき、尋ねる井川に大滝は答えない。「大滝？」と低い声で呼びかけると、ようやく、口を開いた。

「……そいつが…そういや、嫁にずいぶん好きって言ってないなって気づいて、言ってみたら…ものすごく喜んで、夜が盛り上がったって…」

「……」

「いや、それは余分な話なんだが……それで、その…俺は井川に好きだって言われたことがあるかなって考えたんだ。そしたら…思い出せなくて。井川は記憶力がいいから、覚えてるかと思って、聞こうとしたんだ」

けど、怒られそうな気がしてやめた…と大滝が続けるのを聞きながら、井川は硬直していた。思いがけない方向に話が流れたのに戸惑いを覚え、どう答えればいいかわからなかった。微動だにせず空を見ている井川の表情が硬かったせいもあって、大滝に誤解を与える。

「ごめん。やっぱり怒ったか?」

「……」

違う…という意味合いで首を横に振り、井川は大滝の唇を塞ぐ。大滝が自分を気遣う言葉を吐かないよう、長く口づけた。深いキスを続けているうちに自然と身体が熱くなり、大滝を求め始める。

引き寄せてくる大滝の手に従い、寝そべっている彼の上に身体を重ねる。硬くなりかけている自分を誇示するようにわざと下半身を密着させて、尻を揉んでくる大滝の手の動きに合わせて、腰を揺らめかせた。夢中になって咬み合っていると、口づけの切れ間に低い声が聞こえてくる。

「……いいのか？」

「っ…ん……来週までなんて…待てるわけがないだろ…」

飲みすぎてしまわないようにと、どこにも寄らずに帰ってきたのに、これはいいのかと苦笑する大滝に、正直な気持ちを囁き返す。大滝は「確かに」と同意し、キスを深くして素肌に触れてくる。

大きな掌に愛されるのがたまらなく感じられて、井川は快楽を得るのに没頭した。淫《みだ》らな悦《よろこ》びを甘受しながらも、大滝の言う通り、記憶力のいい自分の頭を、忌々しく思っていた。

大滝に「好きだ」と言ったことはない。井川はしっかり覚えていたが、大滝には教えなかった。抱えた後ろめたさの分だけ、セックスは濃厚になり、翌日のことも忘れて大滝を求め続けた。気遣おうとしてくれる大滝の好意を誘惑で塞ぎ、欲望に走った自分を後悔するのも…また、自分だ。

「………」

翌朝。井川は九時過ぎによろよろと起き出し、大滝に心配されながらも宇都宮の自宅へ出かけた。午後からにしたらどうかと大滝には勧められたが、早く片づけてしまいたい。常磐第二中から十分ほどの宇都宮宅までは、井川のマンションから歩いて三十分近くかかり、着いた頃には疲れきっていた。

四階建ての古い雑居ビルには階段しかなく、しかも、宇都宮家は四階にあった。最後にカウンターパンチでノックアウトさせられた気分でチャイムを押すと、ばたばたと走る音が聞こえ、褪《あ》せた色のドアが開く。

「……。おはよう」

顔を覗かせたのは、宇都宮でも、その母親でもなく、まだ幼い宇都宮の妹二人だった。小学生と保育園児くらいの年頃で、宇都宮とよく似た顔立ちをしている。怪訝そうな顔で見てくる二人に、井川は自分は宇都宮の担任で、姉を訪ねてきたのだと告げた。

「宇都宮…明依さんはいますか？」

「寝てます」

「起こしてきてください」

丁寧に頼む井川に頷き、小さい方の妹が走って戻っていく。めいちゃん、おきゃくさん。せんせいだって！　甲高い声が宇都宮を起こしているのが玄関まで聞こえる。心配そうに奥を見ていた上の妹は、井川を振り返って「何かやったんですか？」と尋ねた。怪我をして帰ってきたのを気にしているのだろう。井川は苦笑して、「少し」とだけ答える。

小学生らしい妹は、宇都宮よりも賢そうに見えた。その後ろでばたばたと物音が聞こえ、スウェット姿の宇都宮が姿を現す。

「……マジで…井川…？　電話するって言ってなかった？　家まで来るって…ありえなくない？」

「お母さんにも事情を話さなきゃいけないと思ってな。起こしてきてくれ」

「えー…無理だって。あの人、通じないよ？」

「いや。こっちの言ってることはわかるはずだ」

日本語が話せないというが、まったくわからない状態で三人も娘を育てるのは困難だ。話せないとしても、理解はできると踏んでいた。わからないということにしておいた方が都合がいいから、そうしているだけに違いない。

きっぱり言い切る井川をごまかしきれないと思ったのか、宇都宮はしぶしぶ部屋の奥へ引き返していった。怒鳴り合うような声がしばし続き、間もなくして、宇都宮よりも異国ムードの強い女性が、色違いのスウェット姿で現れる。

「朝からすみません。常磐第二中で宇都宮さんの担任をしている井川といいます」

井川は軽く頭を下げ、宇都宮の母に一通り昨夜のことを説明した。喧嘩をしたと聞き、母親は宇都宮を見て激しく顔を顰める。厳しい口調のタガログ語で責める母親を、宇都宮は相手にせず、「うるせえよ」と吐き捨てた。

親子間の争いにまで関わるつもりはない。井川は宇都宮をなおも叱ろうとする母親に、

「それで」と本題を切り出した。

「これから怪我をさせた相手に宇都宮さんと謝りに行くんですが、お母さんは一緒に来られますか?」

「あー……ワタシ、ニホンゴ……」

「わかりました。じゃ、二人で行ってきますので…。宇都宮、制服を着てこい」

「えー」

「えーじゃない。早くしろ」

井川に厳しく命じられた宇都宮は仏頂面で着替えに向かう。その後を母親もついていってしまったので、井川は玄関先で妹二人と共に待っていることになった。教師とはいえ、子供が好きなわけじゃない。相手をするつもりはなかったが、悟ったような顔をした小学生の妹から話しかけられる。

「先生、明依ちゃんと一緒に謝りに行くの?」

「ああ」

「先生ってそういうこと、してくれるんだ」

「本当は保護者に任せるべきところだが、君のところは仕方がないだろう」

「優しいんだね」

「……」

昨夜、大滝にも言われた言葉を向けられ、井川は溜め息をのみ込んだ。人がいいと呆れる人間が多いのはわかっているが、これが自分のやり方だと決めている。小学生にそれを説明する言葉はなく、黙っていると、制服に着替えた宇都宮が現れた。

「真依《まい》、美依《みい》にご飯食べさせてやってよ」

「わかった」

靴を履きながら妹に命じ、宇都宮は井川に行こうと促す。「頑張ってね」と手を振ってくる妹に小さくお辞儀を返し、井川は宇都宮と共に階段を下りた。ビルの外へ出ると、昨日、警察でもらったメモを取り出し、相手方の場所を宇都宮に伝える。

「清澄公園の西側にあるマンションのようだ。面倒だからタクシーを使うか」

「そんなに遠くないじゃん。もったいなくない？」

「俺は家からここまで三十分歩いてきたんだ」

今日はもう歩きたくない…とぼやきながら、井川は通りを走ってくるタクシーを見つけて手を上げる。停《と》まった車に乗り込むと、行き先の住所を伝えてから、隣に座る宇都宮の顔を改めて見た。

「…すごいことになってるな」

「っ…うざいな。そう思うなら、また今度にしてくれればいいじゃん」

「いや。せっかく、そんな派手な怪我をしてるんだ。役に立てないともったいない。背中は？」

「痛いよ」

「じゃ、そこを押さえて前屈《まえかが》みで歩け」

「…？　どういうこと？」

不思議そうに聞いてくる宇都宮に説明はせず、小さな鼻息だけを返す。相手がどう出てくるかにもよるが、寺本のようなおとなしい生徒をつけ狙って金品を巻き上げるような相手の親だ。大体は想像がつくと思い、井川は相手方に着いたら一切話さず、しんどそうにしているんだと宇都宮に言い含めた。


隅田川《すみだがわ》を見下ろせる高層マンションはかなりの高級物件に見えて、井川は仏頂面で溜め息をついた。

「こんなマンションで暮らせる家庭に育って、どうして人の金を取る必要がある？」

「暇つぶしでしょ」

「冗談じゃないな。結果的に俺の休みをつぶしてるんだぞ」

許せん…と呟き、井川は宇都宮を促してエントランスへ向かった。訪問客用のインターフォンで相手の部屋番号を押す。応対に出た母親に常磐第二中の教師だと名乗り、昨夜の一件で生徒を連れて謝りに来たのだと告げた。

謝罪など結構だと突っぱねようとする母親に、今後のこともありますので…と意味深な言い方をすると、部屋まで来るよう指示された。外でも構わないと井川は返したのだが、人の目を気にしているのか、自宅で話を聞くと言われる。

井川が訪ねたのは寺本から金品を巻き上げていた三人の中でも、主犯格である渡辺《わたなべ》という女生徒の自宅だった。エレヴェーターで渡辺の自宅がある八階まで上がる。渡辺家の前に着くと、井川は宇都宮に目配せをした。

黙っているのと、背中を痛そうに押さえること。わかっていると頷く宇都宮を確認してから、チャイムを押す。ドアを開けた母親の表情は硬く、その後ろから父親が姿を現した。井川は宇都宮と共に玄関の三和土に並んで立ち、申し訳ありませんでした…と詫びる。

低姿勢で謝る井川に対し、渡辺の両親は一方的に怒りをぶつけた。

「謝って済む問題じゃありませんよ。女の子なのに…殴りかかってくるなんて。一体、どういう教育をされてるんですか?」

「この子の保護者は来てないんですか?　先生じゃ話になりません」

「申し訳ありません。宇都宮の保護者は現在、海外におりまして…早急にお詫びをと思い、自分が代わって来た次第です」

「じゃ、連絡先を教えてもらいましょうか。こちらとしても慰謝料の請求などを考えておりますので」

「…そうですか。お嬢さんは治療が必要な怪我を?」

その場に本人の姿がないのを不思議そうにしながら、井川は両親の周辺を見回す。母親はショックで寝込んでいると言ったが、参考までに連れてきて欲しいと井川は要求した。

「摑みかかってきた相手の前に娘を出せとおっしゃるんですか? 精神的ショックを受けてるっておわかりになりませんか?」

「お母さんがどうお考えかわかりませんが、こちらとしても被害を受けています。お互いの被害状況を確認するためにも、こちらも本人を連れてきました」

井川は丁寧に説明し、宇都宮の姿を見るよう、促した。井川の指示を守っていた宇都宮は、俯き加減で沈黙し、背中を押さえて立っていた。その顔には大きなガーゼが二箇所も貼られ、打撲によって瞼が腫《は》れ上がってもいる。

明らかな怪我を負っている宇都宮を見た両親は、さっと顔色を変えた。その反応を見て、井川は先を続けた。

「慰謝料とおっしゃるからには病院で診断を受けられたんですよね?」

「…それは…」

「どちらの病院でしょう? 今後のためにも正確な被害状況を記録してあるかどうか、確認しなくてはなりませんので、連絡を取らせてもらいたいのですが」

質問する井川に、顔を見合わせた両親は答えられなかった。宇都宮や深川中央署の清水にも相手方の怪我は大したことがなかったと聞いている。そもそも、三対一だ。宇都宮がどんなに頑張ったって、ひどい怪我など負わせられなかっただろう。

「と…とにかく、うちの子は精神的被害を負ってるんですっ…。身体の怪我は治りますけど、心の傷は治らないんですよ？」

「確かに。では、お母さんは喧嘩の原因をお嬢さんからお聞きになりましたか？」

「そちらが突然殴りかかってきたんでしょう」

「いいえ。原因があるんです。お嬢さんの友人の菅原《すがわら》さんと横山《よこやま》さんをご存知ですか？」

母親は頷き、仲のよい友達で、塾に一緒に通っていると答えた。井川は続けて、寺本栞奈を知っているかどうか、尋ねる。

「…いいえ。知りませんけど」

「お嬢さんは知っているはずです。寺本はうちの生徒で、宇都宮の友人です。寺本は小学生の頃、お嬢さんたちと同じ英語塾に通っていたそうで、そこでお嬢さんたちから金品を要求されるといういじめを受けていたんです。ご存知でしたか？」

娘がいじめの加害者であると指摘された母親はさっと表情を険しくした。言いがかりだとはねのけようとする母親に、井川は淡々と続ける。

「中学になって英語塾を辞めてからは接点がなくなってほっとしたそうですが、三年生になって寺本の通っている塾にお嬢さんたちが入ってきて、再び金品を要求されるようになったんです。それを見かねた宇都宮が注意し、いったんは止まりましたが、今度は宇都宮に隠れて同じ真似をしているのがわかって…諍《いさか》いが起きたというのがことの経緯です」

「うちの子が…そんなことをしてたって証拠が…どこにあるっていうんです？」

「証拠ですか。こういう問題での証拠というのは難しいものです。やった側が覚えがないと言ってしまえばそれまでですから。目撃証言を地道に集めていくことしかできませんが…お母さんはそれをお望みですか？」

「……」

井川の問いかけに対し、母親は言葉を詰まらせた。父親はいじめと聞いた時点で顔色を変え、沈黙している。井川はある予想を胸に抱きながら、自分の提案とその理由を続けた。

「宇都宮もお嬢さんも受験生で、もうすぐ仮内申点に大きく影響する期末試験もあります。ここで余計な問題を起こすのはお互いにとって得策ではないんじゃないでしょうか。こちらの提案をそちらが受け入れてくださるのが一番かと思います」

「…提案というのは？」

「お嬢さん…とその友人たちに、今後一切、寺本と宇都宮には関わらないと約束させて欲しいんです。もちろん、こちらも一切関わりません。それがお互いのためでしょう」

井川が内申の話を持ち出した時点で、母親は折れると決めていたようだった。「わかりました」と頷き、父親を見る。父親は渋い表情で溜め息をつき、背を向けて奥へ入っていった。井川は微かに目を眇めてそちらを見た後、「では失礼します」と暇《いとま》を告げる。玄関のドアを開けて宇都宮を外へ出しながら、「そうだ」と言って母親を振り返った。

「証拠といえば…お嬢さんが友人と三人がかりで、この子に殴る蹴るの暴行を働くという卑《ひ》怯《きょう》な真似をしたという証拠ならすぐに集まりますよ。塾の生徒たちが大勢、見ていたそうですから」

「っ…もう、結構ですっ」

顔をひきつらせる母親に「そうですか」とつまらなそうに返し、井川は「失礼します」と慇懃《いんぎん》なお辞儀をして玄関のドアを閉めた。宇都宮とエレヴェーターまで歩いていき、開いたドアから無人のそれに乗り込む。

一階のボタンを押し、動き出すと、宇都宮が呆れたように呟いた。

「…最後のは余分でしょ」

「何言ってんだ。本当は本人を引きずり出して詫びさせたかったんだが…。そうもできないのが教師の辛いところだ」

ふんと鼻息つきで言う井川を、宇都宮は目を丸くして見る。一階に着いたエレヴェーターから降り、外へ出ると、井川はタクシーを探すぞと言って歩き始める。その横を歩きながら、宇都宮は普段の強気な態度からは遠い呟きを漏らした。

「…慰謝料とか…言ってたけど、大丈夫かな…」

うち、お金ないんだけど。俯いて言う宇都宮を、井川は眉をひそめて見る。先ほどのやり取りで決着がついたとわかっていないのか。偉そうなことばかり言っていても、まだ子供だなと思いながら、「安心しろ」と言って自分の推測を告げた。

「あの反応を見る限り、寺本だけじゃなく、他にも問題を起こしてる可能性が高い」

「栞奈以外からもカツアゲしてたってこと?」

「いじめと聞いて、父親は何も言わなくなっただろう。女は感情論で事実を無視して最後まで責めてくるが、男は事実を突きつけられるのに弱い。過去に同じような真似をしてるか、今も揉めてるか……清澄西中に問い合わせればわかるだろうが、そこまでする必要もないだろう。さっき取り決めた約束通り、お前と寺本はあいつらに二度と関わらなければいい」

「それは望むところだけど…。井川ってさ」

「なんだ」

「見かけによらないね」

誉められているのか、貶《けな》されているのかわからず、井川は首を捻る。それにしてもタクシーが通らない。参ったなと思っていると、隣から小さな声が聞こえる。

「ありがとう」

「……」

素直な言葉はらしくないように感じられて、宇都宮を見れば、名誉の負傷で腫れ上がった顔が照れ隠しの仏頂面になっている。十五歳の女子には似合わない顔の傷が、早く治るといいと願い、井川は小さな笑みを浮かべた。

井川の願い空《むな》しくタクシーは一台も通りかからず、歩いているうちに宇都宮の家が近づいてきた。車を拾うのを諦め、てくてく歩いていた井川の横で、宇都宮が「そういえば」と声を上げる。

「井川、昨日のイケメンと一緒に暮らしてるんだって？」

「……」

宇都宮が「昨日のイケメン」と言うのは、大滝に違いない。だが、一緒に暮らしていると知っているのはなぜなのか。犯人は一人しかいないが、「曾根か？」と目を細めて聞いてみる。宇都宮は軽く頷き、「格好いいよね」と大滝を誉めた。

「しかも鳶なんだって？　真田がマジ尊敬してたよ。曾根の話聞いて」

「真田が…？」

「鳶って中卒でも稼げるらしいじゃん。真田、高校行かずに働きたいって言ってるからさ」

「……」

誰にも言わないという約束を破った曾根には腹が立ったが、それよりも真田のことが気にかかった。真田はやはり、本気で進学しないつもりなのだろうか。十二月の三者面談では、本人と保護者の意志をとことん突き詰めなくてはいけないと考え、宇都宮にもちゃんと勉強するように説教した。

「真田はともかく、お前は高校行くんだろ？　だったら、勉強しろ」

「勉強かあ。マジ、うざいよね。なんか、昨日、真田と曾根と話してたら、私も別に行かなくてもいいかなーって気になってきたんだけど」

「何言ってんだ」

これ以上、問題を増やされてはたまらない。勉強が嫌だからと言って、高校に行かないという選択肢はありえない。働くにしたって、何をやるにしたって、勉強は必要だ。宇都宮にうざいと言われながらも、こんこんと諭しているうちに、宇都宮の自宅である雑居ビルが見えてきた。

そこまで送ったら自宅へ帰ろうと考えていた井川だったが、ビルの前では見知った顔が佇《たたず》んでいた。井川と宇都宮に気づき、手を振って近づいてくるのは寺本だ。

「明依ちゃん、先生」

心配そうな顔で駆けてきた寺本は、宇都宮を間近で見るなり、表情を曇らせた。昨日よりも腫れた宇都宮の顔は正直、見るに堪《た》えないものだ。泣きそうな顔で「ごめんね」と謝る寺本に、宇都宮は眉をひそめて首を振る。

「栞奈がどうして謝んの。気にしなくていいから！」

「先生も…迷惑かけてすみません…」

「いや。…宇都宮。さっきの件、寺本に説明しておけよ。それと。俺と一緒に謝りに行った話は他の奴らにはするなよ」

「わかった」

軽い調子で返事する宇都宮は、曾根と同じく怪しいものだと思ったが、念書を取るわけにもいかない。絶対だぞ…とだけ言って、宇都宮と寺本のもとを後にした。

取り敢えず、一件落着。早く家に帰って大滝と過ごそう。もう昼近くになっているし、何か作ってくれているだろうか。そんな期待をしながら歩いていた井川は、自宅が近づいてきた頃、ふいに昨夜の話を思い出した。

大滝に「好きだ」と言ったことがない問題、である。大滝は覚えがないから聞いてきたようだが、「言われた覚えがない」から確認してきたのだともいえる。穿《うが》った見方をすれば、「好きだ」と言って欲しいのだとも取れる。

「……」

それは難問だ。ううむ…と思わず唸《うな》り声が漏れてしまい、はっとして周囲を見回す。幸い、人気はなく、不審者と間違われたりしなかったのに安堵《あんど》した。同時に、鼻先から溜め息をこぼし、困った事態だと頭を悩ませる。

大滝から「好きだ」と言われたことはある。大滝の言う通り、記憶力のいい井川はしっかり覚えていた。大学を卒業して教師として働くことが決まった、少し後。大滝から一緒に暮らそうと持ちかけられた。

まだそういう関係ではなかったが、気配は感じ取っていて、戸惑いながらも了承した。赴任先の学校へ通うのに便利な場所に部屋を借り、二人で暮らし始めたその年のクリスマス。大滝が「好きだ」と告白してきたのに、ようやく…という感想を抱いた。

大滝が自分をどういうふうに見ているのかは、ずいぶん前から理解していたし、井川の方にもそのつもりがあった。けれど、大滝との間には複雑な関係もあって、踏み込めないでいるのも理解ができた。「好きだ」と言ってくれた大滝の覚悟を受け入れ、井川もまた、決心を固めた。

「好きだ」と言われ、「そうか」と返したあの日から、十年余りの月日が流れた。今頃になって、こんな初歩的な問題に頭を悩ませようとは。人生わからないものである。

「……」

心の中で溜め息をつき、井川はマンションの階段を三階まで上がった。考え込んでいたから、廊下に出てもすぐに顔を上げていなかった。だから、廊下の先は見えていなかったのだが、話し声が耳に届いて、思わず足を止める。

「…だからさ、マジでむかつくんだって」

「そうか？　あんなもんだろ」

「お前は嫌な目に遭ったことがないからだって。あいつ、生徒によって態度変えるからさ」

どうして自宅マンションの外廊下で、中学生男子の会話が響いているのか。考えたくもないが、この声は昨夜も耳にしたものだ。井川は自分が自然と険相になっていくのを感じながら、顔を上げた。

すると、井川の存在に気づいていたらしい大滝と目が合い、苦笑いするのがわかる。つい先日も同じような光景を目にしたような…。くらりと目眩を覚える井川に気づき、その前にいた二人…もちろん、曾根と真田だ…もはっとしたように立ち上がった。

「井川」

「おかえりなさい、先生」

曾根の愛想がいいのは疚しい真似をしている自覚があるからに違いない。井川は激しく怒っていたが、それを表に出す元気がなくて、ゆっくりと廊下を歩いて部屋へ近づいていった。大滝の説明を聞くまでもない。曾根と真田が訪ねてきたものの、部屋に入れるなと言われているので、廊下で一緒に自分の帰りを待っていたのだろう。

「井川…」

大滝は悪くない。迷惑をかけているのは自分の方だ。ばつの悪そうな顔で見てくる大滝に、部屋の中へ入るよう促し、自らも無言のまま玄関へ足を踏み入れる。その後から当然の顔で真田が入ってくるのを見て、堪忍袋の緒が切れた。

「っ…どうしてお前が入ってくる⁉」

「え？　いいじゃん。井川、帰ってきたんだし」

「俺が留守だから入れなかったとか、そういうわけじゃないんだ。俺は生徒を部屋に入れるつもりはない」

「でも、曾根は飯食ったって聞いたぜ？」

「っ…！」

やはりお前が元凶かと、真田の背後にいる曾根を睨もうとしたものの、上手に姿を隠して目線を合わせようとしない。せっかくここまで来たんだし…と真田が言うのに、納得するわけにはいかず、井川は追い返そうとしたのだが、向こうの方が上手《うわて》だった。

立ちはだかろうとする井川をひょいとよけ、さっさと部屋の中へ入り込む。生徒とはいえ、大柄な真田は井川の身長をはるかに凌《しの》いでいる。サンダルを脱ぎ捨て、「お邪魔しまーす」と軽い口調で奥へ向かう真田の後から、どさくさに紛れて続こうとする曾根を、井川は凶相で押しとどめた。

「曾根。絶対言うなって、あれほど念を押したのに…お前って奴は…」

「成り行きで仕方なくってあるじゃないですか。でも、宇都宮のこととかは誰にも言ってませんから」

安心してくださいと曾根は愛想笑いを浮かべるけれど、まったくもって信用ならない。お前は二度と入れん…と言って邪魔しようとした井川だが、一緒に来た真田はすでに入り込んでしまっている。「自分だけ外で待ってろって言うんですか?」と曾根が少し寂しげに聞いてくるのに、一瞬、戸惑ってしまい固まった。

そんな井川の隙を突き、曾根はその横をすり抜けて部屋へ入っていく。慌ててつかまえようとしても遅く、曾根は逃げるように部屋の奥へ向かった。

「井川」

玄関先に立っていた大滝がすまなそうに「ごめん」と詫びてくるのに、力なく首を振った。大滝は自分との約束を守って、部屋には入れずに、廊下でつき合ってくれていたのだ。悪いのはすべて、約束を守らない曾根である。

しかも、曾根だけでも頭が痛いのに、真田まで…。うんざりした気分で頭を抱え、いつになったらゆっくり休めるのかと途方に暮れた。

居間に入ると、真田はソファに座って部屋の中を物珍しげに見回していた。曾根はその側に腰を下ろし、すっかりくつろいだ顔でいる。

「いいなあ。ここで二人暮らしか。めっちゃ、広くね？」

「広くはないよ。普通だって」

「うちからすると、人口密度、かなり低いぞ」

「お前の家は特殊なんだよ」

曾根に指摘され「まあな」と素直に頷く真田を見ながら、井川はダイニングテーブルの横に立った。座っている二人を上から見下ろし、どうして訪ねてきたのかと冷たい口調で聞く。井川が不機嫌であるのは明らかで、強引な真似をしたという自覚があるのか、真田は少ししおらしい表情を浮かべて、宇都宮の名前を挙げた。

「どうなったかなと思って」

「俺の家に来なくても、宇都宮自身に聞けばいいだろう」

「あいつの携帯、知らないもん」

「じゃ、月曜に学校で聞けばいい」

「先生、謝りに行ってきたんですよね？」

井川に畳みかけられている真田をフォローするように、曾根が横から尋ねる。井川は真田を見る目以上に、冷たい視線を曾根に向け、「ああ」と返事した。

「問題なく和解した。宇都宮も元気だ。顔はひどいもんだがな。気になるなら宇都宮の家を訪ねろ」

宇都宮が気になって来たというのなら、訪ねる場所を間違えている。さっさと宇都宮のところへ行けと井川に命じられた真田と曾根は、顔を見合わせる。休みだからといって、暇つぶしにお宅訪問されるなんて、冗談じゃない。

自分は生徒に訪ねてこられて嬉しく思う教師ではないのだと、井川は二人にはっきり告げた。

「いいか。俺は今日は休みなんだ。勤務時間外に生徒につき合うつもりはない。用があるなら、明日、学校で話せ」

真田も曾根も、先週は補習を休み、自分を避けるような行動を取っていた。なのに、休日に限ってやってくるというのはどういう了見なのか。曾根に至っては金曜から毎日来ていることになる。プライヴェートな時間を邪魔されている井川が苛立ちをこめて言うのに、曾根は鋭く突っ込む。

「でも、休みなのに宇都宮とは謝りに行ったんですよね？」

「あれは緊急事態だ。仕方ない」

「三谷先生なら保護者に任せて、自分は関わりませんよ？」

「……」

宇都宮の保護者は問題を抱えているからだ…と返してもよかったのだが、三谷が学校外で起こった問題に、生徒がどういう状況下にあっても関わらないと決めているのは井川もよく知っていたから、何も言えなかった。返せる言葉があるとするなら、自分は人がいいからだ…と言うしかないが、それも間抜けな話である。

子供の屁理屈《へりくつ》にやり込められた気分になり、井川はますます苛立ちを募らせた。「とにかく帰れ！」と井川が声を大きくするのに、空気を読んだ真田が眉をひそめて立ち上がる。

「帰ろうぜ、曾根」

「でも…大滝さんに話を聞きたいんじゃないのか？」

わざとか、天然か。空気を読もうとしない曾根は、平然とした顔で真田に聞いた。その問いかけを耳にした井川は、宇都宮から聞いた話を思い出す。大滝が鳶職をしていると聞き、真田が興味を持っていたらしいと言っていた。

つまり、真田は自分ではなく、大滝に会いに来たのか。キッチンにいる大滝を振り返れば、自分が話題に出ているのに気づいたらしく、不思議そうな顔をしている。外で自分を待っている間に、そういう話は出なかったのだろう。

井川は小さく息をつき、再度、真田を見て尋ねた。

「大滝の仕事のことか？」

「……。大滝さんが鳶やってるって聞いて…。俺、前から興味あったから…」

仏頂面の真田がぼそぼそと言うのを聞き、井川は仕方ないと思って「わかった」と了承した。確かに、鳶の仕事について聞かれても自分には答えないようがない。ここはプロである大滝に任せるのが一番だと思い、話をしてやってくれるかと頼んだ。

「俺は構わないが…」

井川はいいのか？　と大滝の顔に書かれているのを見て、渋い表情で頷く。だって、仕方がないじゃないか。大滝を学校に呼ぶわけにはいかない。またしても人がいいとしか言いようのない対応であるのはわかっていたが、井川は突っぱねきれなかった。

だが、次の展開は予想外でもあって…。

「じゃ、なんか食いに行くか。四人分の昼飯を作るには材料が足りないんだ」

「そういえば、もう昼ですね」

「行こう、行こう。腹減った」

「……」

大滝の何気ない提案に盛り上がっている二人を、井川は複雑な顔つきで見る。勝手にどうぞと言いたくても、相手は自分の生徒だけに、大滝に任せきりにするわけにはいかない。井川、どうする？　打って変わって軽い調子で聞いてくる真田が憎らしくて、眉間に皺を刻んだ井川は深い溜め息をついた。

もんじゃにはビールだ。井川は昔からそう決めている。しかし、生徒の前で飲むわけにはいかない。

「井川、ビールは？」

「……いや。ウーロン茶でいい」

「俺、コーラ。いいじゃん、井川。飲めば」

「本当に堅いですよね」

気軽な真田も呆れ顔の曾根も、井川にとっては憎しみの対象でしかなかった。大滝は土曜も仕事だから、基本的に休みは週に一度しかない。日曜に出かけた先で、昼酒を飲むのは最高の贅沢なのに。しかも、もんじゃなのにビールが飲めないなんて。

徹底的についてない気分で、井川は暗い顔で頬杖を突いてはがしを弄る。その傍らで、大滝は真田に鳶の仕事について話をしていた。仕事の内容、体力的にはかなり厳しいこと。どうして鳶職に就いたかという経緯などである。

「俺は工業高校の先生に勧められて、今の会社に入ったんだ。ボルダリングをやってて、高いところにもひょいひょい登ってたから、向いてるんじゃないかって」

「じゃ、サラリーマンなんですか。一人親方とか、そういうのかと思ってました」

「もちろん、そういう人もいる。うちの会社でも二十代で独立していく奴は多いけど、俺はただ仕事が好きってだけで、金の計算とかも苦手だし、自分で仕事取りに行くとかも向いてないってわかってるから独立はしない。けど、そっちのが儲《もう》かるのは確かだ」

「どれくらい？」

「うーん…成功の仕方にもよるからピンキリだが、会社で働いてても一般的な仕事よりはかなり給料はいいから…」

正直収入はいい…と言いかけた大滝の横で話を聞いていた井川は、はっと気づいたことがあって横から割って入った。これは真田に進学を意識させるチャンスなのではないか。そんな考えを抱いて、「だから」と大滝の話に結びつけて切り出した。

「お前も鳶になりたいなら、工業高校に行け。今からでも遅くないから、一生懸命勉強して…」

「え…高校行かないと無理なんですか？」

「そんなこともない」

進学しないと言い出している真田の考えを変える機会だと思ったのに、大滝は正直に答えてしまう。思わず睨んだ井川の意図を悟り、大滝は慌てて首を振った。

「い、いや。そんなこともない…こともない」

「どっちっすか」

「どんな仕事をするにしても勉強は必要だ。わかるか」

「でも、高卒の資格は必要じゃないんですよね？」

怪訝な顔をしている真田の横で、曾根は冷静に事実を確認する。曖昧にごまかして、進学させようとする自分を阻む曾根を、井川は歯嚙《はが》みしたい気分で睨んだ。どこまで自分の邪魔をする気なのか。曾根が悪魔に見えてくる。

曾根が指摘した事実は真田の知りたかったところでもあり、ほっとした顔で「よかった」と呟いた。

「じゃ、中卒でも雇ってくれるところとか、あるんですね？」

真田に聞かれた大滝は、井川を見る。正直に答えていいのかどうか迷っている大滝に、井川は再び頬杖を突いて頷いた。どんなにごまかそうとしたところで、真田の横にいる悪魔がすべてを正してしまうのは目に見えている。それに大滝に下手な嘘をつかせたところで、彼に負担をかけるだけだ。

井川が了承するのを見た大滝は、苦笑を浮かべつつ真田に返答した。

「…そうだな。うちは採《と》ってないが、見習いからだけど雇ってくれるところはある。実際、現場にも若いのは多いし。まあ、中卒より、高校中退って奴の方が多いかもしれないが」

「ほら見ろ。皆、高校には入るんだ」

「でも辞めるなら行かなくても同じじゃないですか？」

「無駄じゃね?」

「それは子供の考えだ。後から行っておけばよかったと思っても、高校の場合、特別な理由がない限り、全日制に入学できる機会は一度きりなんだぞ。定時制でも学べるが、意味合いが違う。こんなことが将来役に立つのかなって疑問に思いながらも過ごす日々ってのが、後から役に立ったりするんだ」

「どういうふうにですか?」

質問してくるのが真田だったら、曖昧な返しでも納得させられたが、曾根は厄介だ。下手に口が立つからいけない。井川はぎろりと曾根を睨み、「お前に話してるんじゃない」と切り捨てた。曾根は首を傾げ、自分も真田と同じで高校に進学しない考えを持っているから、興味があるのだと言う。

「何言ってんだ。お前と真田じゃ、わけが違うじゃないか」

「どう違うんですか?」

「真田は生活に直結してるが、お前はもっとふわふわふわしてる」

「…ふわふわ……。抽象的な表現で来ましたね?」

これは突っ込むのが難しい…と悩む曾根は、楽しんで自分をからかっているように思えて、井川は心中で舌打ちする。いい具合に焼けたもんじゃをはがしでつつきながら、真田に「とにかく」と切り出した。

「仕事ってのは年中あるんだから、いつでも始められる。だが、高校は四月入学と決まっていて、その前に受験もあるんだ。その受験に関して重要な期末試験ももうすぐ始まる。いいか、お前が今、やらなきゃいけないのは勉強だ」

選択肢を持つには勉強が必要だと諭す井川に、真田は適当な返事を返して、大滝に鳶の仕事内容について尋ねる。特殊な仕事だけに、大滝の体験談は興味深いもので、食い入るように聞く真田や曾根を、井川は説教できなくなっていた。

もんじゃをいくつもお代わりし、底なしと思われた真田が、さすがにもう食えないと音を上げたところで、店を出た。昼前に入ったのに、もう時刻は二時近い。支払額も相当で、井川は自分が出すと言ったのだが、大滝は半分支払ってくれた。

店を出ると、外で待っていた曾根と真田が「ごちそうさまでした」と頭を下げる。井川は二人に、このことは他言無用にしろと恐ろしい顔で迫り、ついでに真田にはバイトを辞めるよう繰り返した。

「バイトしてるなんてバレたら問題になって受験にも影響する。二度と、やるなよ」

「わかった、わかった」

「わかってないだろう。その返事」

真田のいい加減な返事に顔を顰めつつ、次に曾根を見る。昨夜、曾根は用があると言って訪ねてきたのだが、アクシデントが重なって聞けていなかった。今日もまたやってきたのは、その用件を言うためだった…というよりも、暇つぶしのような気がしたが、一応、聞いてみる。

「それで、お前の用っていうのは？」

「え？」

「昨日、用があるってやってきて、結局、話さなかっただろう」

実のところ、先週も曾根は中途半端な形で話を終わらせて帰っている。学校では話しづらいと言って自宅までやってきながら、本題を切り出そうとしないのは、大した用件ではないからなのかもしれない。その可能性の方が高いと思いながらも聞く井川に、曾根はわずかに目を泳がせた後、「父が…」と口にした。

「学校には行けないけど…先生が来てくれるなら、会ってもいいいと……言ってまして…」

「…お父さんが？」

「三者面談に行かないのはまずいって…先生、言ってたじゃないですか」

期末試験後の三者面談は最終進路を決める、重要な面談である。保護者の出席を全員に求めていたが、曾根の両親は共に仕事で出られなそうだという返事を受けていた。曾根にちゃんとした「用」があったのを意外に思って、井川は「わかった」と答える。

「俺の方が出向くから…お父さんの都合を聞いてみてくれ」

「…わかりました」

頷いた曾根と真田と、店の前で別れ、井川は大滝と共に家路についた。曾根たちの気配が消え、完全に二人きりになると、自然に大きな溜め息がこぼれる。うんざりして肩を落としている井川を見た大滝は、苦笑して声をかけた。

「お疲れ」

「お疲れと言わなきゃいけないのは俺の方だ。休みの日にこんな迷惑をかけて、本当にすまない」

「なんで井川が謝るんだ」

「だって…」

ビールが飲めずに辛かったのは井川の方だろう。笑顔でわざとからかう大滝に助けられる気分で、「ありがとう」と礼を言う。大滝はもんじゃはうまいけれど、席が狭いのが難だと、大きく伸びをしながらぼやいて、真田と話せたのは嬉しかったと言う。

「俺も結構、立場が上になって、若いのと話す機会とか減ってきてるから。楽しかった。それにあいつ、しっかりしてるから、いい職人になると思うぞ。気も遣えるし、人の話も聞ける。根性もありそうだしな」

「そうか？　でも、取り敢えず、高校には行ってもらいたいんだ」

「…それは教師の立場として？」

窺うような物言いで聞く大滝に、井川は微かに笑みを浮かべて肩を竦める。担任として…

といった立場的な事情を重視しているわけではなく、経験上の話だと説明した。

「…前の学校で真田と同じように、家庭にいろいろあって、進学せずに働くって決めた奴がいたんだが…。同級生たちが、受験して合格して…それぞれが別の学校でも、進学っていう一つの道筋に向かっている中で、一人だけぽつんとして寂しそうだったんだ。俺は事情を理解して賛成したつもりだったけど、所詮、中学生なんてのはしっかりしてるようでもまだ子供で、同じ時に同じ経験をさせてやった方がよかったんだって、後から思ったんだよ」

井川の体験を聞き、大滝は真面目な顔で「そうか」と頷いたが、何か言いたそうな雰囲気を醸し出していた。それを感じ取って、「何かあるのか？」と聞いた井川に、迷う素振りを見せながら口を開く。

「…井川の高校はどうだったかわからないけど、俺の行ってた学校では、一年で辞める奴が結構いたんだ。辞めるにはいろんな理由があるんだろうが、無理に高校へ放り込まれて合わないってのもたくさんいて…疎外感っていうのか。なんの役に立つかはわからないけど、取り敢えずぼんやり勉強するって時間を無駄に思う奴も多いんだ。だから…人それぞれじゃないかと思って」

「……。確かにな。人それぞれだ」

井川自身、真田がどっちなのかはわからない。高校に行ってみて、意外と面白くて進学してよかったと感じられるか。やっぱり自分には必要なかったと感じるか。それは真田本人にだってわからないだろう。

どこへ進学するかにもよるが、教師や友人との出会いというのも大きく影響する。いつだって直面するのは正解のない問題ばかりだ。井川はさっきの大滝のように、大きく伸びをして「わからないなあ」と空に向かって声を上げた。


大滝の提案でスーパーで食料品や日用品の買い物をしてから、マンションに戻ると、四時近くになっていた。すっかり休日をつぶされてしまったが、ぼやいても仕方のない話だ。掃除は出かけている間に大滝が済ませてくれていたので、洗濯物をしまったり、風呂を入れたり、細かな家事を済ませてから、一週間の授業計画を考え、必要な資料を作成する。昼にたくさんもんじゃを食べたので、夜は軽めにして、それぞれの時間に床に就いた。

翌日の月曜日。職員室に入るとすぐに、宇都宮の一件を知らせてきた教頭の宮崎から、どうなったのかと報告を求められた。昨日、謝罪が終わった時点で電話しようかとも思ったのだが、宮崎は望んでいないだろうと考え、しなかった。寺本の件には触れず、些細《ささい》な揉め事で大した問題ではなかったと告げると、事なかれ主義の宮崎はそれで納得し、受験生であるのを宇都宮に自覚させるようにという注意で話は終わった。

三年A組の教室では、宇都宮、真田、曾根の三人の姿が見えたが、それぞれが何もなかったような顔で、井川と目線すら合わせようとはしない。井川としても親しげにされるよりはそっちの方が好都合であったので、いつも通りに接して一日を過ごした。

そして、次の火曜は井川の補習がある日だったが、先週は真田も曾根も欠席している。真田だけでも、あらかじめ注意しておこうかと思ったものの、忙しくてその余裕がなく、あっという間に放課後になってしまった。

真田が来ているかどうか。成績には関係ないが、曾根も進学させるためにも来させなくてはいけない。そんなことを考えながら、プリントの束を持って補習が行われる教室へ向かうと、井川の心配をよそに、真田と曾根は顔を見せていた。

「……。遅くなってすまん。プリントを取りに来てくれ」

補習用のプリントを先に取りに来る自主参加組の顔ぶれはいつもと同じで、出欠を確認しながら渡していく。早速、窓際の席に集まってプリントをやり始める自主参加組に対し、動こうとしない、廊下側の席にいる強制参加組のもとへプリントを配りに行った。

宇都宮に寺本、真田はともかく、曾根までどうしてこちらにいるのか。以前は窓際の方に座っていたはずだが、今は宇都宮の後ろ…真田の隣の席を陣取っている。教室では前と変わらない様子でいるが、どうも三人…正確には寺本も含めて四人だが…の間に連帯感めいたものが生まれているのを感じ、井川は複雑な気分になった。

「…寺本はこれだ…、宇都宮は英語も入ってるからな」

「えーまた？　勘弁してよ」

「真田はこれをやれ……曾根、あっちじゃなくていいのか？」

窓際を指して聞く井川に、曾根は頷いて自分用のプリントを受け取る。周囲の三人とはかなりレベルの違う問題をすらすら解き始めるのを見て、真田は怪訝な顔で感想を漏らした。

「…すげえ。よくわかるな。何が書いてあるか、全然わからん」

「やれば終わるから、早くやれよ」

曾根の忠告は素直に聞き、真田はシャープペンシルを握ってプリントに向かう。掃き溜めに鶴《つる》なんて言葉をのみ込み、井川は宇都宮たちの前に椅子を置いて腰掛けると、不平を聞き流しながら、質問に来る他の生徒たちの相手をしていた。

「マジ、うざい。何枚あんの？　井川の問題、多すぎなんだって」

「お前は基礎の復習が必要だからだ。家でもちゃんと勉強しろ。そろそろ期末に向けた勉強も必要になってくるんだぞ」

「これ以上勉強するなんて、無理。頭悪くなる」

「元々悪いだろ」

「お前が言うな！」

すかさず突っ込みを入れる真田に、宇都宮は険相で言い返す。そんな二人を「うるさい」と注意しながら、井川はプリントが終わったと提出しに来た生徒を見た。窓際の席からやってきたのは、先週、少し話をした首藤で、顔色があまりよくないのが気にかかった。

「どうした？　風邪でもひいたか？」

「…ちょっと寝不足で…。でも、大丈夫です」

「大事な時期なんだから、気をつけろよ。無理せずに、今日はもう帰れ」

首藤を気遣って言うのに、「私も帰っていい？」と聞いてくる宇都宮を、井川は眉をひそめて睨む。お前は早くやれと非情に命じる井川に、宇都宮は自分は怪我人だとぼやいた。

「お前の怪我と体調は関係ないだろう。…首藤、これ、先週のプリントだ。間違っているところをチェックして、類似問題を添付しておいたから、家に帰って…」

「間違ってましたか？」

「ああ。…ここと……ここだが、細かいミスがある」

問題の解き方自体がわからないというわけではなさそうだが、ミスによって正答が導き出せないでいた。井川の指摘を受けた首藤は、さっと表情を硬くする。井川としてはさほどの問題ではないと捉えていたので、もう一度復習すれば大丈夫だとフォローした。

「できてないわけじゃないんだから…」

「でも…」

ミスすること自体が問題だと、首藤が憂鬱《ゆううつ》そうに言いかけた時だ。曾根の机を覗いた真田が驚いた声を上げるのが聞こえた。

「曾根、もう終わったのか？　そんな難しい問題」

「だから、やれば終わるって言ってるだろ」

「あんたさ、やっぱ、厭味じゃない？　そんなに勉強できるのに、高校行かないとか」

ありえなくない？　と後ろを振り返る宇都宮を、曾根は微かに眉をひそめて見る。厭味じゃない…と曾根が反論する声と、井川と話していた首藤が「えっ…」と驚く声は同時に聞こえた。

曾根が難関校に合格確実と言われるような成績の持ち主であるのは誰もが知っている。宇都宮の声は窓際にいた生徒たちにまで伝わっており、教室内は一瞬、しんとなった後、なんともいえない空気に包まれた。井川は余計なことを…と苦々しく思いながら、教室全体に向けて宇都宮の発言を否定した。

「今のは冗談だ。本気にするな」

「冗談じゃないって。曾根、マジだって言ってんじゃん」

「うるさい。早くやれ」

とにかく口を閉じろと乱暴に宇都宮を黙らせ、井川は話の続きをしようと首藤を見る。だが、首藤は宇都宮の発言を気にかけている様子で、動揺した顔つきで井川に尋ねた。

「本当なんですか？　曾根が…高校行かないって…」

「そんなことはいいから…」

井川はなんとかプリントの話に戻そうとしたのだが、首藤は納得しなかった。井川が答えないと悟ると、曾根本人を見る。「本当なのか?」と聞く首藤に、曾根は表情のない顔で答えた。

「…そういう選択肢もありかなって…考えてる」

「でも……お前、この前の模試で野比谷のA判定…出てたじゃないか」

曾根と同じラインの高校を狙いながら、ぎりぎりのところにいる首藤には、解せない話だったのだろう。呟く声は暗いもので、井川は仕方なく強い調子で説明した。

「曾根に迷いが生じてるのは確かだが…、進学しないってのはありえないと俺は考えてる。だから…」

「そうなんですか?」

「そうだって言ってるだろう?」

首藤と話しているのに、曾根が怪訝そうに聞いてくるものだから、井川は苛ついた口調で返した。大体お前は人の話を…と曾根に説教を始める井川に、首藤は「失礼します」と言って頭を下げる。はっとして首藤を見た時には、その姿は消えており、井川の手元にはミスを指摘したプリントが残されていた。

「首藤?」

慌てて廊下に出て呼びかけたものの、どこにもいない。様子がおかしかったように感じたが、大丈夫だろうか。体調が悪いせいだけなら、いいんだが。そんな心配を抱いて教室へ戻ると、井川がいなくなったと喜び、早速無駄口を叩いている宇都宮たちを口酸っぱく叱責《しっせき》した。

終了時間が過ぎても、相変わらず、真田と宇都宮はプリントを終えられず、寺本と曾根は二人が終わるのを待っていた。他の生徒たちが帰り、四人だけになると、自然と話題は週末の件になる。いろいろと口止めしているはずなのに、誰もが一切守ろうとしないのは、井川にとっては苦い現実だった。


「昨日、昼にさ。大滝さんともんじゃ食べに行ったんだよ。うまかった」

「大滝さんと？　いいなあ。なんで私も誘ってくれないの？」

「先生も一緒だったから」

「井川、ケチだな」

「大滝さんって？」

自分に対する無礼な内容が含まれているのはともかく、事情を知らない寺本に三人が平然と説明するのが解せない。井川、ルームシェアしてんだって。鳶やってて、すげえ格好いいんだよ。性格も超いい。代わる代わる説明する宇都宮と真田を、井川は厳しく注意した。

「おい、そこの二人！　無駄口叩いてないでさっさとやれ！　それに誰にも言うなと言っただろう？」

「栞奈にも黙ってろって言うわけ？」

「無理だろ。この距離感で」

「隠している方がいじめに当たるんじゃないんですか？」

最後に冷静な口調でつけ加える曾根が特に気に入らず、井川は眉間の皺を深くした。元はといえば…曾根が約束を守らなかったのが悪いのだ。しかし、今さら言っても仕方がないので、このメンバー以外には漏らすなと、忠告した。

「じゃ、寺本も含めて、俺のプライヴェートなことに関する情報は一切口外するな。いいな？　特に曾根！」

「特に、ですか？」

「お前が元凶だ！」

そもそも、曾根がどうして自宅住所を知り得たのか追及していないが、一つ間違えれば犯罪に関わるような真似をした可能性は高い。曾根さえやってこなければ。大滝の存在だって、知られずに済んでいたのだ。

「大滝にだってこれ以上、迷惑かけたくないんだ」

「迷惑そうには見えませんでしたが」

「そうそう。なんなら、井川抜きで、大滝さんだけ誘ってもいいし」

今度はそうしよう…と盛り上がる真田と宇都宮を、井川は眇めた目で見て舌打ちをする。教師である自分を呼び捨てにするのを注意する気力はもう残っていないが、大滝には「さん」づけするのが解せない。それはともかく、大滝は忙しいのだからと、井川は険相で注意する。

「あいつは月曜から土曜まで仕事で、大変なんだ。せっかくの休みに子供につき合わせるのは気の毒だ。二度と、うちには来るなよ」

「土曜まで仕事なんだ」

「そうだ。朝は四時半起きで弁当作って出かけていくし…。わかるか、真田。高校へ行く方がよほど楽だぞ。働くってのはな…」

「あーわかった、わかった。説教はもういいから」

「早くやれよ」

井川の話が長くなるからと、曾根は真田にプリントを片づけるよう勧める。宇都宮も寺本に促されてぼちぼち問題を片づけ、六時前にはなんとかプリントを終わらせた。四人と共に教室を出た井川は、廊下を歩いていく背中に気をつけて帰るよう声をかける。

するると、昇降口へ向かいかけていた曾根が「先生」と言いながら踵《きびす》を返してきた。

「先日の件ですが…」

「…ああ。三者面談の代わりにって話か。そうだな。十二月に入ったら日程を…」

「その前に…一度、会って欲しいんですが、今週末は駄目ですか？」

「今週末って……、期末が終わらないと仮内申が出ないぞ。…まあ、お前の場合、変わらないとは思うが…」

　曾根の成績は一年からずっと、すべての科目で最高評価がつけられている。最終進路を決めるといっても、曾根の場合、進学先はほぼ決まっていて、親には意思確認をするだけだった。ただ、ここへ来て本人が進学しないと言い出すという問題が浮上したが、親がそれを認めるとも思えない。

　しばし考えた後、井川は「わかった」と返事した。親と先に話し合って、曾根の迷いを断ち切ってやるというのも手だ。

「じゃ、父の予定を聞いてきます」

「ああ」

　頼む…と答える井川に、曾根は軽くお辞儀をして、真田たちのもとへ小走りに向かった。帰っていく四人の姿を見ながら、曾根があんなふうに友達と一緒にいるところを見るのは、初めてかもしれないなと、ぼんやり思っていた。

いつもなんとなく一人だった曾根に、友達ができたのは喜ぶべきことなのか。宇都宮の怪我も少しずつ治っていき、迎えた金曜。井川の補習があったその日も、曾根は真田たちと共に机を並べてプリントに向かっていた。真田や宇都宮、寺本までも、わからないところを曾根に聞いたりして、和気藹々《あいあい》といった雰囲気まである。

仲が悪いよりはいいだろう。前向きに考えることにして補習の監督をしていた井川だったが、気になることが一つあった。前回、火曜の補習で体調が悪そうにしていた首藤の姿がなかったのだ。

首藤はいつも自主参加組と共にいるので、そのメンバーに聞いてみると、休むと言っていたとだけ返される。理由はわからないと言うが、無理をするより、大事を取った方がいいだろう。首藤のプリントは次の週に回すと決めて、相変わらずの四人組の相手をしていた。

井川に早くやれと急かされながら、嫌々問題を解いていた宇都宮と真田がようやくノルマをこなした時には、またしても六時近くになっていた。やっぱり井川のプリントが多いと、宇都宮と真田が文句を垂れるのを聞き流し、早く出るよう、促す。

「俺だって他の仕事があるんだ。早く帰れ」

「仕事って、金曜じゃん」

明日は休みなんでしょ？　と言う宇都宮に、井川は眉をひそめる。土曜は部活があるし、そろそろ期末試験の問題作りにも入らなくてはいけない。提出物を確認したり、授業で使うテスト対策の資料作りをしたりと、自分は忙しいのだとアピールする井川に、四人は興味なさげな相槌を打つ。

「それより、腹減った。早く帰ろうぜ」

「栞奈。塾の前に何か食べに行こう」

「そうだね。曾根くんも行かない？」

「ああ。つき合う」

賑《にぎ》やかに話しながら帰っていく四人に、寄り道をせずにさっさと帰宅するよう、一応の声がけをし、井川は職員室へ戻った。プリントの束を自分の机に置いてから、はっと気づく。週末は曾根の親に会いに行く約束をしていたが、その日時を確認するのを忘れていた。

「しまった…」

補習の後に曾根と話そうと思っていたのに。自宅に電話しても両親は仕事でいないだろうし、本人も今帰ったばかりだ。曾根本人の携帯番号を聞いておくのだったと後悔しつつ、後で電話しようと頭の隅にとどめた。

そのまま八時過ぎまで職員室で仕事を片づけた後、帰宅した。大滝は帰ってきており、「おかえり」と迎えてくれる。夕飯はキノコの炊き込みご飯と鰯《いわし》の梅煮で、普段は晩酌のためにご飯を控えている井川だが、炊き込みご飯の時は別だ。

「うまそうだな。軽めに一杯、くれるか」

「ビールの後にするか？」

「一緒でいい」

井川のリクエストに応え、少なめによそったご飯を運び、大滝は「なあ」と声をかけた。

「日曜って、用事あるか？」

「いや。俺は再来週からテストなんで、その対策を考えようと思っていたが…何かあるのか？」

「だったら、ボルダリングに行ってきてもいいか？」

久しぶりに誘われたから…と言う大滝に、井川は二つ返事で頷いた。大滝の趣味を邪魔するつもりはないし、自宅に籠もる予定の自分につき合わせるつもりもない。楽しんできてくれと勧める井川の前で、大滝はどんぶりに大盛りにした炊き込みご飯を食べながら、「期末試験か」と呟くように言った。

「……………」

一般の仕事に就いている大滝には、試験など、遠い昔の話だ。だが、大滝がそう呟いたのには意味があると知っている井川は、小さく息をついてから、「ああ」と相槌を打った。箸を置いて、グラスのビールを飲み、壁にかかっているカレンダーを見る。

「一年が過ぎるのが毎年早くなっていく気がするな」

「こうしてジジイになっていくんだろう」

「ジジイ？　大滝は変わらないぞ」

「井川だって」

お互い、何を言ってるんだろうなと苦笑しあって、食事に戻る。三年生の担任だからと神経質になるような時期は過ぎた。初めて三年を受け持った時は確かに緊張を覚えて、神経性胃炎になったりもしたが、もう遠い話だ。

自分にできることを、できる限りの範囲でやるしかない。そんなことを思って食べた鰯の梅煮はほんのり酸っぱくて、こくのある美味しさがしみじみと感じられた。


夕飯とその後片づけを終え、風呂に入った井川は、曾根の自宅に電話をかけてみた。時刻は十一時近くになっており、さすがに誰かいるだろうと思ったのだが、電話は繋がらない。両親はともかく、曾根も戻ってきていないのだろうか。不審に思ったものの、確かめる術《すべ》はなく、その日は連絡を取るのを諦めた。

翌日は土曜で、大滝は出勤していき、井川も午後からテニス部の監督をしに、学校へ出かけた。筋トレの後、コートで練習を行うテニス部員たちをフェンスの外から眺めていた井川は、背後から「先生」と声をかけられ、驚いて振り返る。

「曾根」

声で誰かはわかったが、まさかという思いもあった。曾根は三年で部活はとうに引退しているし、テニス部ではなかった。制服ではなく、私服姿の曾根を、井川は一応注意する。

「学校に来る時は制服を着るように言われてるだろう」

「先生の家に行ったら、留守だったので」

「……」

隣に並ぶ曾根が平然と言うのを聞き、井川は眉をひそめる。曾根には何度も、「二度と来るな」と言っている。説教を口にしようとした井川を遮るように、曾根は先に言い訳した。

「父に会ってくれると言ってたじゃないですか。その予定を確認しようと思って」

「そうだ。俺、昨夜、お前の家に電話したんだぞ。十一時過ぎでも誰も出なくて…お前も帰ってなかったのか?」

「帰ってましたけど、家の電話は音を切ってあるんで、気づかなかったんです。すみませんでした」

曾根の説明はなるほどと思うものだったが、嘘でもおかしくない。井川は渋い思いで、

「で?」と続きを促す。

「お父さんはいつがいいと言ってるんだ?」

「…明日の午後はどうでしょう?」

「わかった。何時に?」

三時に…と曾根が言うのに頷き、その時間に自宅を訪ねると約束した。明日は大滝も出かけると言っていた。昼過ぎまでに書き物仕事を片づけて出かければ、ちょうどいい。頭の中で段取りを立てていた井川は、ふと思ったことがあって、曾根に聞いた。

「…ところで、お父さんなのか？　お母さんじゃなくて？」

三者面談でも、大抵の場合は母親がやってくる。実権を握っているのは母親という家庭が多いのが実情だ。素朴な疑問を向ける井川に、曾根はコートを眺めながら淡々と答えた。

「母は今、日本にいないんです。来月の半ばまで…ストックホルムです」

「…そうか。大変だな」

「父も月曜にはブエノスアイレスへ行くそうなので、明日ならというわけです」

「一人になるのか？」

曾根が同情を必要としていないのはわかっていたが、つい、大人としての心配が声に出ていた。曾根はそれを感じ取ったらしく、肩を竦めて井川を見る。

「いつものことですし、たとえ、日本にいたとしても同じようなものですから」

かえって一人の方が気楽だというのは、曾根の本音だろう。そうか…と相槌を打ち、井川はテニスコートを見る。女子テニス部の厳しい練習と比べると、男子テニス部には春の風が吹いている。

曾根もわかったらしく、「弱そうですね」とぼそりと呟いた。

「まあな。卓球部はどうだったんだ?」

「同じようなものです。…今日は、大滝さんは仕事ですか?」

「…来るなよ」

ここで話をしたのだから、曾根の用は済んだだろう。あらかじめ釘を刺す井川を、曾根は眇めた目で見ただけで何も言わなかった。そのまましばらくテニスコートを眺めていたが、「じゃ」と言って去っていった。

グラウンドの端を沿って歩いていく曾根の背中を見ながら、井川は複雑な気持ちになった。大滝に、曾根は寂しいんじゃないのかと言われたのを思い出す。両親は揃って留守にしがちで、兄弟もいない。学校や部活に用があればいいが、受験生で、成績も申し分ない曾根は時間を持て余しているのだろう。

だからといって、同情したところで、自分には解決しようがない問題だ。子供とは自由なようでも、不自由を抱えているものである。小さく息をつくと、テニスコートから「先生」と呼ばれる。返事をして、フェンスの中へ入った井川は、曾根がまた訪ねてくる可能性は高いかもしれないなと考えていた。

だが、その夜は曾根の姿は見えず、井川は大滝と二人で、近くの割烹《かっぽう》へ出かけた。美味しい料理と酒に舌鼓を打ち、大滝と二人きりの時間を満喫した。翌日、大滝は話していた通り、ボルダリングに出かけていき、井川は二時過ぎまで自宅で仕事を片づけてから、三時の約束に間に合うよう、家を出た。

曾根は隅田川沿いに建つマンションに住んでいた。先日、宇都宮を連れて訪ねた喧嘩相手の家も、似たようなウォーターフロントの高級マンションだったが、一目で格が違うとわかる物件だった。

「なるほどなあ…」

格差社会とはよくいったものである。曾根がぽつんと浮いているように見えるのは、毛並みが違うせいもあるのだろう。感心しながらエントランスへ向かおうとした井川は、その前に曾根が立っているのを見つけた。「曾根！」と呼んで手を上げると、はっとした表情で近づいてくる。

わざわざ出迎えに来てくれたのかと、ありがたく思った井川だったが、曾根の顔が微妙に硬いのに気がついた。どうした？　と聞く井川に、曾根は躊躇《ためら》いがちに口を開く。

「…先生……、せっかく来てもらったのに悪いんですが…やめませんか？」

「は？」

曾根の言う意味がすぐにわからず、井川は眉をひそめて聞き返した。曾根が三時だと言ったから、その時間に合わせて来たのである。それに父親と会って欲しいと言ったのは、曾根の方だ。

「いないのか？」

もしかして急用ができたとかで、出かけてしまったのだろうか。そう考えて聞いた井川に、曾根は首を振る。

「いえ…」

「だったら、どうして」

「……。うちの父は…とても失礼なところがあって……、先生に嫌な思いをさせるかもしれないので…」

「……」

歯切れの悪い物言いをする曾根を見ながら、井川は腕組みをして考えた。これは…どう考えればいいのだろう。穿った見方をするなら、父親と会って欲しいという話自体が嘘だったとも考えられる。曾根は自分の家を訪ねてきた理由を作るため、父親との約束をでっち上げたのではないか。

だが、井川自身、曾根の親が感じのいい人間ではないのを知っていた。懇談会などをすべて欠席しているので直接会ったことはないが、電話での印象は正直よくなかった。適当にあしらわれた。そんな印象が強く、今日だってそうなるだろうという予想はついている。

曾根は今までの経験で、父親がどういう態度に出るかわかっているのだろう。そして、このところ自分との距離が縮まったと感じているので、気遣っているに違いない。

「…大丈夫だ。正直、失礼な保護者は多い。慣れてるよ」

「…でも……」

「なんだ？」

他にも理由があるのかと、怪訝そうに聞いた井川に、曾根は何か言いたげな顔をしていたが、結局、言葉が出せないまま俯いた。固まったまま考えている曾根に、井川は腕時計を見て時間だと告げる。

「…もう三時だ。遅刻したと思われたくないんだが」

多忙な曾根の父親にとって、自分と会う時間は有益なものではないとわかっている。細かいところで突っ込まれたくないからと言う井川に、曾根は仕方なさそうに頷き、エントランスへ向かって歩き始めた。

オートロック式の入り口扉を、曾根は暗証番号を打ち込んで開ける。どうぞ…と勧められた中へ入ると、明るい吹き抜けのロビイがあり、奥のカウンターにコンシェルジュが常駐しているのが見えた。まるでホテルのようである。すごいな…と素直な感想を呟く井川を、曾根はエレヴェーターまで案内した。

すぐに開いたドアから乗り込むと、曾根は三十五階のボタンを押した。三階の部屋で暮らす井川にとっては、その高ささえも別世界だ。さぞかし眺望もいいに違いなく、大滝なら喜ぶだろうなと思う。

「…ところで、お父さんの仕事は…なんだった？」

「以前は外資系の投資顧問会社に勤めていましたが、今は自分で会社を立ち上げ、経営しています。母は外資系コンサルで、ヘッドハンティングの仕事を」

「なるほど」

夫婦でかなりの額を稼いでいるだろうから、これだけの物件に住めるのも頷ける。ただ、ブランド的価値はさほど高くない地域でもある。その疑問は井川の顔にも出ていて、曾根は説明をつけ加えた。

「この近くに母の実家があったんです。祖母が生きていた頃は俺が面倒を見てもらっていたので、…ここができた時に買ったんですが、祖母も亡くなりましたし、俺も手間がかからない年齢になったから、引っ越したいと考えているようです」

「……。おばあさんはいつ亡くなったんだ？」

「俺が…小学校六年の時です」

そうか…と井川が頷くと同時に、目的階に着いたエレヴェーターが停まる。先に降りた曾根の後について、人気のない静かな廊下を歩く。突き当たりのドアの前で立ち止まった曾根は、井川を振り返り、またしても迷うような素振りを見せた。

ここまで来て何を…と訝しく思いながら、とにかく中へ入ろうと持ちかける。曾根は小さく息をつき、「すみません」と井川に詫びてから玄関のドアを開けた。

「失礼します」

マンションとは思えない広い玄関は挨拶するだけで声が響く。曾根が出してくれたスリッパに履き替え、廊下を奥へ進んでいき、ドアを開けると話し声が聞こえてきた。何畳という単位では表せないように思える広い部屋にはモダンな家具が並んでおり、左手奥にあるダイニングテーブルに父親の姿があった。

「……」

話し声は電話で話している曾根の父親のものだった。彼は井川の姿を認めると、椅子から立ち上がり、ソファに座るようジェスチャーで勧める。井川はお辞儀をしてから、窓際に置かれたソファに座った。

大きな窓からは東京の街並みが一望できる。方角的にスカイツリーは見えなかったが、代わりに東京タワーの姿が窺えた。夜になれば明かりが煌《きら》めいて見えるのだろう。ぼんやり窓の向こうを眺めていた井川は、「お待たせしました」という声にはっとする。

「勇人がお世話になっております」

「…お忙しいところ、時間を作っていただき、ありがとうございます。常磐第二中で曾根くんを担任しております、井川と申します」

立ち上がって挨拶した井川に、父親は腰を下ろすよう勧め、自分も斜め前のソファに座った。自宅にいるのに、父親はネクタイを締めており、これから出かけるところなのだと思われた。「早速ですが」と切り出してくる父親は、話を早く済ませたがっているのがありありだった。

「ご用件を伺ってもよろしいですか。この後、出かけなくてはいけない用ができまして」

「十二月に勇人くんの最終進路を決める三者面談があるのですが、ご両親ともに出席できないと聞きまして…、こちらとしてもご両親の意志を直接確認しておきたく…伺いました」

「私も妻も、勇人の希望を優先させます」

「…と…言いますと…」

「野比谷で構いません。公立の道を選んだのは、勇人自身ですから」

父親が当たり前のように言うのを聞き、井川は微かに眉をひそめて、曾根の姿を探した。曾根は井川の側を離れ、ダイニングの椅子に座っている。背を向けているのは、話の展開が自分にとってまずい方向へ行くとわかっているからなのか。

これが曾根が渋っていた理由か。井川は内心で溜め息をつき、父親に曾根が進学しないと言い出しているのだと伝える。

「…それなんですが…曾根くんから、進学はしないという意向を受けまして」

「え？」

「本人からはご両親も納得しているというような…ニュアンスで聞いていたのですが」

怪訝そうな表情になった父親は、「勇人」と曾根の名前を呼ぶ。父親にとっては寝耳に水の話だったようだ。ふてくされたような仏頂面でやってきた曾根は、井川と父親が座っているソファの前に立った。

「どういうことだ？　受験先を野比谷から変えるということか？」

「…違うよ。高校に行かないでおこうと思って」

「高校に行かないって……それでどうする気だ？」

「まだ考えてないけど…」

「何を言ってるんだ。…なんでお前は…受験となるとバカなことばかり…」

苦々しげに父親が言うのは、中学受験の一件だと井川は推測した。宇都宮と寺本から受験会場に行かなかったという話を聞いている。父親は険しい顔で曾根を睨むように見ていたが、溜め息をついて井川に向き直った。

「…申し訳ない。戯言《ざれごと》だと思って、聞き流してください。野比谷で結構です」

「ですが…一度、話し合われた方がいいのではないでしょうか。曾根くんもそれなりの考えがあって、言い出したことでしょうし…」

「考えなんてありませんよ。受験で失敗するのが怖いというだけでしょう」

父親はあっさりと切り捨てるが、井川にはそうは思えなかった。曾根は怖いから逃げているというふうには見えない。受験まではもう間もなくて、今、曾根の本心を確かめて話し合っておいた方が後々にも禍根《かこん》を残さないはずだ。井川は重ねて話し合いをするよう、父親に勧めようとしたが、口を開く前に断られてしまう。

「また後で勇人には話をしておきます。先生は野比谷という方向で手続きを進めてくださって構いません」

「しかし…」

「…もしかすると、先生から悪影響を受けたのかもしれませんね」

食い下がろうとした井川に、父親が溜め息交じりに切り出したのは、思いもかけない言葉だった。悪影響を与えた覚えなど、一切ない。何を言ってるのかと、怪訝な表情になる井川に、父親は辛辣《しんらつ》な厭味を向ける。

「先生は野比谷から東大文Ⅰに合格して、法学部を卒業されているそうじゃないですか。なのに、どうしてまた、公立の中学で教師を？」

「……」

「東大を出て、公立中学の教師なのかと、先が見えたような気にさせたのはあなたなんじゃないんですか？」

どうして…と聞かれ、どうやって理由を説明しようかと考えているうちに、父親はさらなる一撃を加えてくる。井川は何も言えず、押し黙った。そんなわけないだろうという気持ちもあったが、父親の指摘はなきにしもあらずと思えるものでもあったからだ。

東大を出て、よしんば官僚になったところで、それがしあわせとは思えない。そう言っていた曾根は、実は自分の姿を見て落胆していたのだろうか。井川がそんな疑いを抱くと、部屋の中にメールの着信音が響いた。

父親は「失礼」と言って立ち上がり、ダイニングテーブルの上に置いてあったスマホを手にした。メールを読みながら、「もういいですか?」と聞いてくる父親に、井川は内心で溜め息をつき、無言で立ち上がる。

出かける用があるとも聞いているし、議論を重ねる時間を取るつもりはないだろう。そのまま帰ろうかと思ったが、どうしても一言だけ言っておきたくて、井川はダイニングテーブルの側で足を止めた。

「…俺が東大の法学部を出たのは、親がそう望んだからです。でも、その先は自分が決めた進路に進みました。理解しがたいと言われることも多いんですが、俺は普通の…いろんな生徒がいる、公立中学の教師になりたかったんです」

それだけ言うと、「失礼します」とお辞儀をして、背を向けた。曾根が後をついてくる気配を感じ、玄関まで出て振り返る。顔を顰めた曾根は泣きそうにも見えて、井川は鼻先から息をついた。

お前なあ…と文句を向けたかったが、奥に父親のいる場所では何も言えない。靴を履いた井川と共に曾根も一緒に家を出る。二人とも無言のままエレヴェーターで一階まで下り、マンションの外へ出ると、曾根が「すみません」と申し訳なさそうに詫びた。

「言ってなかったのか」

「…言っても無駄だと…思ったので」

「じゃ、どうやって自分の意志を通すつもりだったんだ？　また受験をすっぽかすつもりだったのか？」

井川が口にした内容に、曾根は驚いた顔を見せる。情報源は口にしなかったが、噂で聞いたのだと伝えた。

「中学受験。試験会場に行かなかったって聞いたぞ？」

「……」

「俺はお父さんの言うように、お前が受験を怖がってるようには思えない。親への反抗心か？」

それが原因なのかと尋ねる井川に、曾根は答えなかった。黙っている曾根を促し、井川は歩き始める。マンションの前で話していて、出かける予定があると言っていた父親と出会しても気まずい。

どこで話そうと考えながら歩いていたが、足は自然と自宅方向へ向かっていた。途中、機会があればどこかへ立ち寄ろうとは考えていたものの、落ち着いて話せそうな場所が見つからないまま、いつしかマンションに着いてしまう。二度と来るなとしつこく釘を刺したのは自分なのに。結局、曾根を部屋へ入れるしかなくなり、井川は内心で深い溜め息をこぼした。

大滝はまだ帰ってきておらず、曾根をソファに座らせて、冷蔵庫からお茶を取り出した。飲むか？　と聞いたが、曾根は首を横に振る。グラスに注いだお茶を手に曾根のもとへ行くと、ローテーブルにそれを置いて腰を下ろす。

ネクタイを緩め、頭を掻く井川に、曾根は再度「すみませんでした」と謝った。父親に話していなかったことを謝っているのではないと感じた井川は、困ったような表情を浮かべる。どう言おうか悩む井川に、曾根は自分のせいだと説明した。

「…父に…担任に会って欲しいと言ったら、公立中学の教師をしてるような人間に会うだけ、時間の無駄だと言われて……。それで、先生の学歴を…」

「お父さんが俺に会ってくれたのは好奇心だったたってわけか」

「…だと思います。…それで…あんなことを…」

曾根が気にしているのは父親が口にした痛烈な厭味だろう。しかし、井川は教師になって以来、同じような指摘をたびたび受けてきている。生徒の保護者だけでなく、同僚教師からもだ。自分はすでに諦観しているのだと、疲れた気分で曾根に打ち明けた。

「野比谷で東大なのに、なんで公立の中学教師なのかってのは、今まで散々言われて…慣れてる。気にするな」

「……」

「逆差別だよな」

まったく、やってられないと肩を竦め、井川はお茶を飲んだ。そんな井川を見て、曾根は彼が父親に告げた理由について、本当なのかと尋ねた。最初から教師になりたかったのであれば、東大法学部という学歴は必要がないように思える。

「…本当なんですか?」

「まあな。一応、言っておくが、就活に失敗して仕方なく選んだとかじゃないんだぞ。大学に入る前から、そのつもりで…だから、本当は教育学部とかに行けばよかったんだが、俺の親もいろいろとうるさくてな」

「教師になるのを反対されなかったんですか?」

「もちろん、された。そのせいで、今でも絶縁状態だ」

生徒に話すべきことではないと思ったが、話の流れ的に隠すのもおかしい。井川の表情が苦々しいものであるのは、曾根にもわかり、それ以上は聞かなかった。俯いた曾根の顔は真剣で、いつもの飄々《ひょうひょう》とした雰囲気は感じられなかった。

井川は小さく溜め息をついて立ち上がる。曾根をその場に残し、隣の寝室でスーツから部屋着に着替えてしまうと、ベランダに干していた洗濯物を取り込んだ。乾いた衣類を抱えて居間へ戻れば、曾根はまださっきと同じ顔つきで座っていた。その横に洗濯物を置き、一つずつ畳み始める。

「お前、洗濯とか掃除とかはどうしてるんだ？　自分でやってるのか？」

「…家政婦さんが来るので。週に三回」

「なるほど」

道理で主婦もいないのに、広い部屋が美しく保たれていたわけである。リッチだなあと呑《の》ん気《き》に呟く井川に、曾根は微かに眉をひそめて言った。

「…先生だって…そうなれるチャンスはいくらでもあったと思うんですが…」

「俺が？　まさか」

教師になって十年が経ち、その道を選んだのを後悔もしていない井川は、曾根が言ったようなことを考えたりはしなかった。自分とは別世界だ。そう思うのは羨みではなく、単純な感想である。

だから、あっさり返したものの、気になる点が頭に浮かび、畳んだタオルを横へ置いた。曾根の父親から指摘を受け、ありえないと思いながらも、否定しきれなかった。

「…お前…、お父さんが言ってたように、俺のせいで、先が見えたように思えてるのか？」

曾根は優秀だとはいえ、競争社会の中ではそれなりの努力が必要となる。その頂点に近い場所を極めながら、こうして目立たない暮らしをしている自分を見て、落胆したのか。そう考えたのを思い出しながら聞く井川に、曾根は「いいえ」と答えた。

「そうじゃありませんけど…」

「けど?」

「……。不思議には思いました」

曾根の素直な答えは納得がいくもので、井川は頷いて、再び洗濯物を畳み始める。大滝のTシャツを几帳面《きちょうめん》に端を揃えて畳み、「不思議か」と呟く。確かに、曾根と同じ頃には、井川自身も中学の教師になるなんて考えてもいなかった。

東大を出て、官僚になって…いずれは国家の運営に関わるような立場になれたらと漠然とした希望を抱いていた。親だけでなく親類からもそう望まれていて、井川もまた、その期待に背くつもりなど毛頭なかった。

それがどうして、こうなったのか。理由はあるのだが、曾根には話せなくて、井川は代わりに「悪くないと思ってる」と答えた。

「悪く…ない?」

「俺は自分の人生を、そう思ってる。つまり、しあわせってことだ」

「……」

「そりゃ、お前の父親からしたら、理解できない負け犬の暮らしだろうが、俺は望んだ以上の暮らしをしてるからな。満足してるんだ」

望んだ以上、というのは、大滝と一緒に暮らせていることだった。中学の教師になって、日々、自分ができる範囲の仕事をする。それが井川の人生の目標だったけれど、それに大滝が加わって、より充実したものになった。

大滝とのことは言えなくても、井川の表情は偽りなど微塵《みじん》もないさばさばしたものだった。何も言えずに自分を見ている曾根に、井川は苦笑を返し、畳み終えた洗濯物を各所にしまう。タオルを洗面所の棚へしまいに行った時、チャイムが鳴った。

玄関へ向かい、ドアを開けると、大滝が立っていて「ただいま」と言った。「おかえり」と返すと同時に、つい笑みがこぼれる。井川にしては珍しいことだけに、大滝は不思議そうに聞いた。

「どうした?」

「いや…」

まさか、しあわせだと実感したからとは言えない。首を振る井川の足元に、曾根のスニーカーがあるのに気づいた大滝は、部屋の奥の方へ視線を向ける。曾根が来ているのだと告げた井川に、大滝は少しほっとしたような顔になって「そうか」と頷いた。

どうして大滝が安堵するのか。少し不思議に思ってわけを聞いた。すると、大滝は昨夜井川が気にしていたからと言う。

「俺が?」

「井川は意識してなかったかもしれないが、そわそわしてた」

そんなつもりはまったくなかったのに。怪訝に思いつつも、大滝が言うのだから確かなのだろう。夕飯の食材を買ってきたという大滝は、曾根の分も作ってやっていいかと聞く。苦笑して頷きながら、井川は曾根に朗報を伝えるため居間へ戻った。


週明け、二学期末試験の範囲が発表され、受験に影響する試験だけに、三年生の間には緊張した雰囲気が漂い始めた。曾根は進学するかしないか、もう一度考えてみると井川に告げてきた。相変わらず、宇都宮や真田にはやる気が見られなかったものの、それなりに取り組んでいる姿勢はかいま見られた。

そして、十一月も間もなく終わる頃、期末試験が始まった。試験週間は補習もなく、井川も試験の対応に追われて忙しく過ごした。

三日間のテストの結果が出ると同時に、進路対策会議が開かれる。進路指導担当の土田やB組担任の三谷と共に、データ化した資料を見ながら、井川は宇都宮と真田の成績が上がっていることを、内心で喜んでいた。普段、まったくやっていなかっただけに、少しのことが反映するものである。

「またトップは曾根ですか。先日の模試でもかなりの好成績だったんでしょう。野比谷も確実ですな」

「はあ」

進学しないと一騒動起こしたにも拘わらず、曾根はまたしても学年一位という栄誉に輝いていた。曾根については不透明な部分もあったので、生返事を返して、他の生徒の結果も見ていく。井川の担任しているA組の生徒はおおよそ、妥当な結果を出してきており、それぞれが希望している進路先にも影響はないだろうと思われた。

だが、そんなA組に対し、三谷のB組は幾人か心配な生徒が見受けられた。その中でも三谷が特に挙げたのは、井川の補習にも出ている首藤の名前だった。

「首藤は駄目ですな。模試の結果もよくなかったし。もう少し伸びるかと思ったんですが」

三谷が先日とは打って変わった物言いであるのも、資料を見れば仕方がないと思われた。首藤は校内で常にトップクラスの成績を維持してきていたのに、今回は大きく下げている。補習で首藤の体調が悪そうに見えたのを思い出し、井川は三谷に聞いた。

「首藤は体調が悪そうで…補習も欠席したりしてましたが、風邪を長引かせたりしているんですか?」

「さあ。受験に勝つには体調管理も実力のうちですから。期末で曾根に勝つくらいじゃないと、野比谷は無理だぞってはっぱをかけたんですがね」

「……」

来週の面談で、志望校のランクを落とすよう勧めると言う三谷は渋い顔だったが、首藤を心配している様子は見られなかった。井川は三谷の態度に反発心を覚えたものの、考え方の違う年上の人間を諭すだけ無駄だと、経験上わかっている。その場では何も言わず、個人的に首藤に声をかけてみようと思い留めた。

三者面談の日程を再確認し、その後のスケジュールも打ち合わせて、会議は終わった。その日は金曜でもあって、井川はほっとした気分で帰路に就く。水曜からは三者面談も始まるし、週末のうちにA組の生徒全員の資料を見返さなくてはならない。

早いもので、もう十二月でもある。学校からの帰り道にもクリスマスを感じさせる広告や飾りつけが目につくようになっている。寒いわけだと、コートのポケットに手を突っ込み、帰り着いたマンションの階段を上がった。

部屋のチャイムを押し、大滝がドアを開けてくれるのを待つ。足音が聞こえ、ドアが開いたのを見て「ただいま」と言った井川は、それが大滝でないのに気づき眉をひそめた。

「おかえり、井川」

「……」

よっと声をかけてくるのは真田で、玄関の三和土を見れば、曾根のものらしきスニーカーも見える。なんでお前らがいるのかと井川が怒る前に、真田はさっさと奥へ入っていってしまった。

「っ…」

　先週も今週もテスト期間であったこともあって、しばらく曾根も真田も姿を見せていなかったが、そもそも、自宅への出入りを許した覚えはない。靴を脱ぎ捨て、居間へ入った井川は、キッチンの大滝から「おかえり」と迎えられる。同時に、井川が険相であるのを見て、大滝は「すまん」と謝った。

「帰ってきて…飯を作ってたら、二人がやってきて…。寒いし、外で待たせておくのも可哀相だと思ったんだ」

「……」

　大滝に「追い返せ」と言うわけにはいかず、井川は頷くだけにして、ソファでくつろいでいる真田と曾根のもとに近づく。どういうつもりだ？　と聞く井川の顔は鬼のようで、二人は顔を見合わせて「話があって」と言い訳した。

「話なら学校ですればいい」

「まあまあ。いいじゃん。大滝さん、飯食わせてくれるって言うし。井川も一緒に食おうぜ」

「⁉」

　真田に適当な感じで宥められるのも腹が立ったが、それ以上にむかついたのは「井川も一緒に」という点だ。自分が大滝と食事をするのは当たり前であって、真田に誘われる覚えはない。

井川が怒りに震えているのに気づいた曾根は、慌てて真田を促した。

「おい、大滝さん、手伝ってこいよ」

「あ、ああ」

「先生も着替えたらどうですか?」

お疲れ様です…と今さらながらに愛想笑いで言う曾根を、井川はぎろりと睨んでから、荒い鼻息を残して寝室へ入った。どうしてあいつらが自分の家で大きな顔をしているのか。納得がいかない気分で着替えを済ませ、襖を開けて居間へ出ると、ダイニングテーブルには大滝の手料理が並んでいた。

真田はまめまめしく支度を手伝っており、その手際はとてもいい。言われなくても自分で判断がつき、わからないことは迷わずに聞く。大滝とのコンビネーションも絶妙で、あっという間に四人で食事をする準備が整った。

「井川、ビールは?」

「今は飲まない」

「頭堅いなあ。いいじゃん、別に」

生徒と一緒の席では決して飲まないと決めている井川が、その考えを変えようとしないのに、真田は呆れた顔を見せる。肩を竦めてお茶を用意し、井川の席へ運ぶと、大滝に他に用はないかと確認した。

「もういいぞ。食べようか」

「マジ、うまそう。いただきます！」

　早速箸を摑んだ真田が食べ始めるのを横目に見つつ、井川も手を合わせた。真田と曾根がいるために、大滝が用意したおかずは山盛りで、大皿から野菜炒めが溢れんばかりになっている。他にも玉子焼きだの、唐揚げだの、どれも大皿で用意されているものだから、二人用の小さなテーブルから食器がこぼれそうだ。

「…あのなあ。お前らが仲いいのは結構だが、俺の家に来なくてもいいだろう？　曾根の家に行けよ」

　高級マンションの高層階の部屋は、眺望も素晴らしく、何より広い。話し声が響くほどの広さの上、高そうなダイニングテーブルは六人掛けという大きさだった。食器が落ちそうな井川宅のテーブルとは比べものにならない。

　曾根の両親が真田の出入りを嫌ったとしても、二人とも海外出張で留守にしているはずだ。だから、構わないだろうと思うのに、真田は眉をひそめて首を振る。

「曾根ん家《ち》さ、一回、遊びに行かせてもらったんだけど、ああいうの俺は無理。なんか落ち着かないんだよね。これくらい、狭い方がしっくりくる」

「何言ってんだ。この前は広いって言ってたじゃないか」

「あの後、曾根ん家行ったから」

現実を知ったっていうの？　偉そうに言う真田に眉をひそめ、井川は「それで？」と聞く。食事中だが、用件を話せと要求したのは、大滝は明日も仕事があるので早々に追い出したいと考えていたからだ。

それは曾根たちもわかっていたらしく、長居をするつもりはないと言う。真田は野菜炒めの豚バラ肉だけを選んで食べながら、改めて井川に進学しないと告げた。

「俺、やっぱ、高校行かずに働くことにした」

「どうして？　今回の試験で成績が上がったっていう自覚が、お前にもあるだろう」

順位はまだ発表されていないが、各教科の答案は返されている。それを見ただけで、以前とは違う結果が出るとわかったはずだ。なぜと聞く井川に、真田はどんぶり飯をかき込みながら肩を竦める。

「確かに、井川のお陰もあって、テストはよかったんだけど、やっぱ向いてないって改めて思ったっていうか…。それに、うち、親父《おやじ》がリストラされてきてさ」

「……」

「母さんは高校くらい、なんとかなるって言うんだけど、俺のすぐ下の妹が今、二年で、俺と違って頭いいんだよ。だから、そっちの方をなんとかしてやった方がいいって思うんだ」

真面目に考えて決めたと言う真田に、井川はすぐに言葉が出てこなかった。元々、真田が事情を抱えているのはわかっていた。それでも進学を勧めるのが、教師としての務めだという思いもあったし、本人のためにもなるのだと信じていた。

真田の母親の言う通り、公的な援助などを活用して、なんとかできるかもしれない。けれど、それが本当に真田のためになるのかという疑問はついて回る。そう考えると、本人の方が、後々のことまで考えているように思えた。

「大滝さんみたいに、立派な感じになれるとも思えないんだけど、そっちの方向で頑張ってみようかなって。大滝さんに相談しながら」

よろしくお願いします…と言って頭を下げる真田に、大滝は「ああ」と返事してから井川を見た。大滝は敢えて何も言わなかったが、その顔には認めてやった方がいいんじゃないかと書かれている。

井川も納得した方がいいのだろうという思いはあって、「わかった」と答えた。

「来週の三者面談で、改めてお母さんから話を聞く。よく相談してこい」

「了解」

「……それで、お前は？」

真田のつき添いで来たのかと聞かれた曾根は、箸を止めて井川を見る。井川が父親と会った後、もう一度考えてみるとは言っていたが、結論は出ていないようだった。はあ…と曖昧な感じで相槌を打っただけで、それ以上は何も言わない。井川は内心で溜め息をつき、あっという間になくなってしまいそうな玉子焼きを自分の取り皿に確保する。

曾根の両親は三者面談には来ないし、父親からは曾根自身の意志とは反する進路を優先させるよう、言われている。来週、三者面談の日程が終わったあたりで、曾根とは突き詰めて話さなくてはいけないいなと、いつもよりもうんと賑やかな食卓を眺めながら考えていた。


次の週、三者面談の日程は水曜から金曜となっており、井川も大勢の保護者と会う日々を忙しく過ごした。最終的な進路がほぼ決まる面談でもあるので、話し合いの時間も自然と長くなる。毎日、真剣に話さなくてはいけないせいもあって、金曜には結構疲れが溜まっていた。

「今日って、補習ないよね?」

金曜の授業後、当然のように確認しに来た宇都宮に、井川は渋い表情で首を横に振った。面談期間中は四時間の短縮授業となり、その後は学校か家庭のどちらかで自習するよう決められている。自習タイムが終わったら、いつもの教室で補習を行うと言う井川に、宇都宮は唇を尖らせて不平を言う。

「なんで?　面談、やらなきゃいけないから、いないいんじゃないの?」

「プリントは用意してあるし、牧野先生にも監督を頼んだ。俺も今日は面談数が少ないから、すぐに終わるからな」

「げえ」

「げえとはなんだ」

あからさまに嫌な顔をする宇都宮に逃げないよう釘を刺してから、井川は職員室へ戻った。生徒の保護者に合わせてスケジュールを組んだのだが、最終日である金曜を希望する保護者は少なく、あと、三組ほどで終わる予定である。それも時間が早いから、補習にも間に合うだろうと考え、休むつもりはなかった。

宇都宮にげえと言われようが、井川は鉄の意志でプリントを英語教師の牧野に託し、面談場所である特別教室へ向かう。間もなくして現れた生徒と保護者に対し、期末テストの結果と、仮内申点を提示して、進路希望先を確認する。そんなことを何度か繰り返し、予定通りにすべての面談を終えた。

「ふう…」

真田は本人が告げに来た通りの意志を母親からも聞き、進学しない方向で決まった。就職先は本人の希望を優先に、これから話し合って検討することになっている。宇都宮は私立と都立の併願で、併願優遇制度を使って安全策を取りつつ、少しランクの高い都立を狙おうとはっぱをかけている。寺本は本人の希望する私立を本命に受験することとなり、おおよそ、それぞれが希望する進路を歩めそうにはなってきたのだが…。

やはり問題は曾根だ。たとえ親の希望先を受験する方向で手続きを進めたところで、おとなしく受験するとは思えない。なにぶん曾根には前科がある。無理矢理受験会場まで引っ張っていったところで、本人がわざと失敗してくる可能性だってある。

難しいな…と思いつつ、生徒たちの個人資料を抱え、職員室へ運んだ。自分の机に置いて、時刻を見れば、もう補習が始まっている時間である。牧野に長い間世話をかけるのも忍びなく、井川は急いで補習が行われている教室へ向かった。

「遅くなりました」

教卓の側に椅子を置いて座っていた牧野に礼を言い、プリントの残りを受け取る。三者面談期間中ということもあり、宇都宮のように考えた生徒が多かったのか、いつもの半分ほどしか参加者はいなかった。

「じゃ、私はこれで失礼します」

「ありがとうございました」

牧野が教室から出ていくと、井川は宇都宮たちの前に座る。宇都宮に寺本、曾根はともかく、進学しないと決めた真田も顔を揃えている。井川も一応、真田のプリントは作っていたが、もう補習には来ないかもしれないとも思っていた。

「どうした?」

「家に帰ってもやることないしさ。バイトに行ければいいいんだけど」

だらしない体勢で机に寄りかかって言う真田に、バイトは駄目だと忠告する。進学しないと決めたからといって、中学生のアルバイトを許可するわけにはいかない。

「やりたいことがあるなら、卒業まで問題は起こすな。いろいろ響くぞ」

「わかってるって」

具体的に就職先を探すのはこれからだが、生活態度などに関して、模範的であるのに越したことはない。仏頂面で頷く真田を振り返って見て、宇都宮は呆れたように肩を竦めた。

「受験しないなら、勉強なんてしなくてもいいじゃん。変わってんな」

「うるせえ」

「マジ、代わって欲しいよ。勉強しすぎで頭おかしくなりそう」

「そんなにしてないだろう」

呆れた表情の井川に、宇都宮は激しく噛《か》みつく。ここまで真面目に勉強しているのは生まれて初めてだという、宇都宮の妙な自慢を聞き流しながら、井川はこんなふうに相手をして過ごすのもあと少しだなと思っていた。

来月には私立へ出願し、受験も始まる。その合否が出て、二月には都立へ願書を出す。再び受験を経て、合否が決まり、卒業式となって、三年生は学校から姿を消す。彼らの環境はあと数ヶ月で激変するのだと思うと、同情したいような気持ちも湧くが、教師である井川には適切に導かなくてはいけないという使命がある。

「先生。できました」

「……」

特に、こいつをどうするか。曾根が渡してくるプリントを受け取り、井川は新たなものを渡した。結構な難問を出しているのに、すべて正解である。宇都宮にその能力を少し分けてやったら…と仕方のないことを思っているうちに、補習時間は終わったが、宇都宮はノルマをこなせなかった。

他の生徒が帰っていく中、曾根や真田、寺本は宇都宮が終わるのを待っていた。真田が一抜けの状態となり、自分だけがどうしてとひがみながらも、宇都宮はなんとかプリントを終わらせる。

「……マジ、無理…」

「そんなこともないだろう。正答率も上がってきているし、このまま来月まで取り組めば…」

「来月？　何言ってんの、井川。今月はクリスマスもあるし、お正月だって来るし、勉強なんかしてる場合じゃないじゃん！」

「何言ってるの、はお前の方だ。受験生にクリスマスも正月もない」

「そうだよ、明依ちゃん。ここが頑張りどころなんだから。…でも、先生って偉いですね。毎年、繰り返してるんですもんね」

寺本が改めて気づいたように言うのに、宇都宮は目を剝いて「好きでやってんじゃん！」と突っ込む。井川は敢えて否定せず、教室を出るように促した。

「ほら、終わったならさっさと帰れ」

「そうだ、井川。クリスマスパーティやろうって話があるんだけどさ。大滝さんに予定、聞いといてくれよ」

「……」

一緒に出ようと思い、荷物をまとめていた井川は、真田が何気ない感じで言うのに、目を眇めた。クリスマスも正月もないと言ったのはついさっきのことだ。よしんば、真田が受験しないのを考慮して大目に見たとしても、最後のがいけない。どうして大滝に予定を聞く必要があるのか。

「…まさか、大滝を誘うつもりか？」

「もちろん」

「大滝はお前の友達じゃないぞ？」

「えっ…あ、ああ。そうだな。友達じゃないな…先輩、か？」

「……」

それも違うと言いたかったが、真田の顔が真面目すぎて口にできなかった。呼び方が問題なのではなく、すっかり大滝も連れの一人的な考えが間違っているのだ。そこははっきりさせておかなくてはいけないと思い、切り出そうとしたのだが…。

「えっ、大滝さん、来るの？　じゃ、私も行く。琹奈も行くよね？」

「うん。明依ちゃんが行くなら」

「今年は二十四日が振替休日で休みだけど、大滝さんは仕事なのかな。先生、知ってますか？」

「…だから…！」

どうしてお前らが大滝を誘うのだと、井川が苛ついた口調で言おうとした時だ。教室の扉ががらりと乱暴に開けられた。全員がはっとして前方を見ると、硬い顔つきの首藤が立っていた。補習に首藤の姿はなかったが、他にも欠席している生徒が多くいたため、井川は気にしていなかった。

だが、突然現れた首藤の顔は普通ではない感じがして、井川はすっと息をのんで立ち上がった。首藤、と呼びながら近づき、どうしたのかと聞く。

「……」

首藤は井川を見ておらず、その背後にいる曾根に視線を向けていた。近づいてくる井川をよけるように、彼の横を通って曾根の前まで歩いていく。その勢いは鋭く、井川は咄嗟に止めることができなかった。

「…どうすることにしたんだ？」

「…何が？」

「野比谷、受けるのか？」

首藤の様子がおかしいのには、話しかけられている曾根だけでなく、その場にいた真田たちも気づいていた。一様に怪訝な表情を浮かべている。その中でもターゲットとなっている曾根は、困った顔で正直な答えを返した。

「まだわからない」

「面談、終わっただろう？」

「うちは…親が来てないから…」

「だが、曾根の保護者からは野比谷を受けさせてくれと打診を受けている。それがどうかしたのか？」

言い淀《よど》む曾根に代わり、首藤の背後から説明した井川は、窺うような調子で理由を聞いた。首藤が突然現れて、野比谷を受けるのかと確認しに来た理由は…。期末試験で首藤が大きく成績を下げていたのが頭に浮かび、黙っている彼に取り敢えず、座るように勧めた。

「首藤の面談は終わったのか？」

「……今日でした」

椅子を運んで聞く井川に、首藤は立ったまま答える。俯いた顔は辛そうに歪んでおり、面談の結果がよくなかったのだとわかる。先日の進路会議で、首藤の担任である三谷はランクを落とすよう勧めると言っていた。

それに関しては井川もどちらかといえば、賛成の立場だった。宇都宮のように、十分な伸びしろのある生徒なら、ラストスパートをかけてでもランクを上げようと言えるが、首藤は今でぎりぎりの状態だ。一か八かの賭《か》けに出るよりも、その後のことも考えた方がいい。よしんば、運よく受かったとしても高校での生活に支障を来《きた》すような事態は避けなくてはならない。

そのあたりのことを生徒にどう納得させるか。首藤は言い聞かせるのは難しいタイプだと思えるし、三谷も上手な物言いができるタイプではない。もしや…と心配しながら井川は首藤が座るのを待っていたが、彼は立ち尽くしたままだった。

重い沈黙が流れる中、皆が首藤を見ていた。その視線に耐えかねたかのように、首藤が震える唇を開く。

「…俺は……野比谷に入るためにずっと…必死で努力してきたんです…。なのに…俺は受けさせてももらえなくて……こんな…進学しようか迷ってるなんて…言ってる曾根が……」

「首藤…」

「どうして……っ…どうしてですか？　俺の勉強のやり方が悪かったのか…努力が足りなかったのか……もう…わからないんです…っ」

切羽詰まったような声で思いを吐き出し、首藤は突然教室を飛び出した。井川は慌ててその後を追う。

「首藤っ‼」

廊下を駆けていく首藤の背中を追いかけながら、井川は頭の中で過去の光景がフラッシュバックするのを感じていた。追いかけた覚えはない。呼び止めた覚えもない。なのに、どうしてあの時の記憶が甦るのか。

それは自分が本能的に嫌な予感を抱いているからだ。二階の教室から延びる階段を、首藤が上がるのを見てそう確信する。一階に下りてくれれば、まだ救われた。上階に行く理由は……。

「首藤…っ…‼」

自分でも驚くほどの、大きな声で首藤の名前を呼ぶ。ほとんど叫んでいるような声が人気のない校舎に響く。待てと繰り返しても首藤は足を止めない。最上階である四階まで上がると、首藤はまっすぐ延びる廊下を駆けていき、突き当たりの窓を開けた。

「首藤！　やめろっ‼」

全力で追いかけていた井川は、首藤が窓から身を乗り出しかけたところで追いついた。なりふり構わずに首藤の身体を後ろから摑み、なんとか引き戻そうとする。だが、首藤は井川と身長は同じくらいでも、体重がかなりある。瘦軀《そうく》の井川は力では勝てなかった。

「っ…バカなことはやめろ！」

「は…なせよっ！」

「離すか！」

「もう嫌なんだ！　これ以上、何をしたらいいかもわからない！」

もう嫌なんだ…と繰り返し、首藤は井川を強引に振り払う。勢いで吹き飛ばされた井川が一瞬怯《ひる》んだ隙を突き、窓枠に膝をかけた。井川は息をのみ、咄嗟に首藤の背中に覆い被さろうとした。上半身を抱えて止めようとしたのだが、逆に井川の体重が首藤にのしかかることになり、バランスが崩れた。

「っ…‼」

「うわあ…！」

前のめりになっていた首藤と共に井川の身体も窓枠を乗り越える。しまったと思った時には自分の身体が宙に浮くのを感じていた。後を追いかけてきていた曾根や真田たちの声が遠くに聞こえる。

「先生！」

「井川！」

何がどうなったのか、状況を把握する間もなく、全身に衝撃を受けて息ができなくなった。どこからどうやって、どのくらい落ちたのかもさっぱりわからない。頭を打ったのか、鈍い痛みと共にぐわんぐわんと響く感じがして、目を開くことができなかった。

そうした状況下でも、井川は悔いる気持ちでいっぱいだった。どうして。首藤の様子がおかしかったのには気づいていたのに。もう少し突っ込んで話を聞いてやっていたら。受け持ち外の生徒だといっても首藤は補習に参加していたのに。後悔ばかりが頭に浮かぶ。

「っ…は…っ…」

全身に受けた衝撃が少し緩み、ようやく息をつくと同時に、近くで「先生」と言う声を聞いた。首藤の声だ。そう気づくと、反射的に瞼を開くことができた。

「せ、…んせい……、お、れ……」

自分を覗き込んでいるのは首藤で、無事だったのだとわかる。ほっとして大きく息を吐き出すと、背中に激痛が走って顔を歪めた。上の方から「首藤！」と呼ぶ声が聞こえる。

「大丈夫か⁉　井川は⁉」

これは真田の声か。「生きてる？　死んでない？」。続けて聞こえる宇都宮の声に、井川は唇を歪める。そう簡単に殺すな。俺は生きてる。首藤も無事だった。よかった。今度は助けられた…。

心からの安堵感は井川から意識を奪う。先生と叫ぶ首藤の声は、耳の奥へ沈んでいった。

誰かが名前を呼んでいる。井川。落ち着いた低い声は大滝のものだ。耳にするだけでほっとできる声。井川。大滝が出かける時間なのか。何か用事でもあるんだろうか。それより、今は何時だろう。

枕元《まくらもと》の時計を探ろうとして右手を動かしかけた井川は、ふいに走った痛みに衝撃を受け、息をのんだ。同時に意識が覚醒《かくせい》する。

「井川！」

今度はやけに大きな声が耳についた。大滝の声…だけじゃない。よかった。意識が戻った。そう喜んでいるのは……。

「……」

「井川。大丈夫か？」

相手を確認しようとしてそっと瞼を開けた井川は、すぐ近くに大滝の顔があるのを不思議に思った。それにどうも背中が痛い。それも生半可な痛みではなく、全身が強《こわ》ばっているような痛みもあるのはなぜだろう。

それに…自分を見ている大滝の顔はものすごくほっとしたもので、その側には点滴の管が見える。点滴といえば、病院…。病院…？

「先生、痛みますか？」

「井川、頭パーになってねえ？」

「ちょっとパーになったくらいがいいんじゃないの？　井川は」

「明依ちゃん、それはちょっと失礼だよ」

自分の置かれている状況が把握できないでいた井川は、大滝の背後に突如、制服姿の見慣れた顔が現れたのにぎょっとした。曾根に真田、宇都宮に寺本。どうして…と思う井川の脳裏に、一気に記憶が甦ってくる。そうだ。俺は首藤を追いかけて…。

「っ…しゅ、首藤…っ‼」

突然叫び、起き上がろうとした井川だったが、実際には十度くらいしか上半身を起こせなかった。息もできないほどの痛みに襲われたからである。背中から左側の肩にかけて激痛が走る原因は……。そうだ。首藤と一緒に落っこちた…からだ。

自分の状況を顧みず、首藤を心配して起きようとしたものの、撃沈した井川をその場にいた全員が半ば呆れた目で見る。動けないだろ。肩を竦める真田の横で、曾根が冷静に現状の説明を始めた。

「首藤は先生よりも軽傷ですから、安心してください。自分がどうなったか、覚えてますか?」

「…いや…」

「四階の窓から首藤と一緒に落ちたんだよ。たまたま、渡り廊下の屋根がある場所だったからさ。二人とも助かったけど、下まで落ちてたら死んでたね」

「井川の上に首藤が乗っかってて…、あいつ、太っててんじゃん。逆だったら、井川もマシだったろうけど…。首藤はぴんぴんしてるのに、井川は意識失ってて」

「救急車が来て、レスキューの人とかも来て、先生を運び出したんですよ。まったく覚えてませんか？」

真田や宇都宮とは違って、心配げな表情で聞いてくる寺本に、井川は力なく首を振る。思い出してみれば…。首藤の声が聞こえて、本人の顔が見えて…ほっとして意識を失ったのだ。その後のことは一切記憶になく、大滝の声も、朝だから起こされているのだと思っていたくらいだった。

身体の痛みはそのせいか…と納得する井川に、大滝が溜め息交じりにつけ加える。

「脳震盪《のうしんとう》と全身打撲で……検査したが、さしあたり、どこにも異常は見られなかった。ただ、しばらくは安静にしているようにと医者が言っていた」

「…そうか…。…大滝は…どうして？」

「俺が連絡した」

井川の意識がなく、救急車で運ばれることになって、大滝から携帯番号を聞いていた真田が連絡を取ったのだという。すでに帰宅し、夕食の準備をしていた大滝は慌てて病院まで飛んできたと聞き、井川は申し訳なさそうに眉をひそめた。

「ごめん…。大滝、明日、仕事なのに」

「何言ってんだ」

「…お前らも。迷惑かけてすまなかった。…今、何時だ？」

「九時です」

そんな時間になっているのかと驚き、早く帰るように命じる。特に宇都宮と寺本は女子なのだから…と気遣う井川に、四人はそれぞれが自宅には連絡を取っているし、今の井川に心配されたくないと不平を漏らす。

「先生、人の心配をしている場合じゃないと思いますよ」

「そうだよ。井川、マジで人がよすぎ」

一緒に飛び降りなくても…と呆れる宇都宮に、井川が険相で反論しようとした時だ。病室のドアがノックされる。大滝が返事をして出ていくと、青い顔の首藤が入ってきた。皆の言う通り、元気そうだが、おでこには絆創膏《ばんそうこう》が貼られている。井川は小さく息をつき、軽傷で済んでよかったなと声をかけた。

「…先生……」

「…お前なあ…。バカな真似はもうするなよ」

「………」

「早く帰って寝ろ。顔色、悪いぞ」

軽い調子で命じた井川の横で、首藤は俯いたままでいた。言葉が出てこない様子で立ち尽くしている首藤に、井川は苦笑する。大きく呼吸すると背中が痛むため、控えめな声で「今日はちょっと無理そうだが…」と切り出した。

「…また今度…ゆっくり、お前の気持ちを聞いてやるから。俺は教師だし、お前の考えを百パーセントは汲《く》み取ってやれなくて…考えがぶつかるかもしれないが、ちゃんと話をしよう。誰かと話をするのは、たとえ、自分の意見を認めてもらえなかったとしても…、その時はマイナスに思えたとしても、いずれ、糧《かて》になる時が来るんだ。…自棄で取った行動は皆を哀《かな》しくさせるんだぞ。お前だけじゃなく、お前の親や、俺たち教師や、お前の友達や…お前を知る皆をしあわせにしないんだ」

「……」

「よく覚えておけよ。……こうやって、人を痛くもさせる」

少し身動《みじろ》ぎしただけで、痛みが走ってつい、顰めっ面になってしまう。いたた…と漏らす井川に、首藤は大きく息を吸って、深々と頭を下げた。

「……すみません…でした…」

そのまま動かなくなった首藤を、井川は仕方なさそうな表情で見て、曾根と真田に送ってやってくれと頼む。真田が「行こうぜ」と声をかけると、首藤はのろのろと動いて、病室を出ていった。宇都宮と寺本もそれに続き、最後に残った曾根が「失礼します」と頭を下げる。

生徒たちがいなくなると、井川は「はあ」と大きな溜め息をついた。それを見た大滝が、溜め息をつきたいのは自分の方だと、珍しく愚痴をこぼした。

「…悪い。迷惑かけて…」

「迷惑じゃない。心配だ」

「……」

「井川が生徒と一緒に飛び降りたって聞いて……俺がどれだけ焦ったか、わかるか?」

大滝の顔は見覚えがないほど真剣で、井川は心から申し訳なく思った。大滝が何を思い出してぞっとしたのかは想像がつく。すまなかった…と詫びる井川の手を大滝が握る。

温かな体温が嬉しくて、井川は笑みを浮かべた。大滝が心配したのも当然だ。もしも、渡り廊下の屋根がない場所だったなら、一階まで真っ逆さまで、死んでいた可能性の方がうんと高い。

大滝に二度と会えなかったかもしれないなんて。考えるだけで恐ろしくなったが、あの時の自分は何がなんでも首藤を止めたかった。自分の命に代えても。

それだけ首藤を大事に思っているということではなく、同じ失敗を繰り返したくなかったからだ。

「……大滝」

「なんだ」

「よかった」

「……そうだな」

助けられてよかったと呟く井川に、大滝は苦笑する。井川の手を握る力を強くして、「そうだな」ともう一度呟いた大滝の声が、静かな病室に沈んでいった。

生徒たちが帰って大滝と話せたのは束《つか》の間《ま》で、すぐに常磐第二中の校長や教頭、首藤の両親、病院関係者などが入れ代わり立ち代わり出入りして、深夜まで慌ただしかった。その晩、井川は入院することになり、大滝は事務的な手続きを終えてから帰っていった。

生徒の自殺という痛ましい事件は防げたものの、一緒に落下した教師が意識を失《な》くしてレスキュー隊に救助されるという事件は、それなりに大きなもので、翌朝のニュースでもちらりと取り上げられた。週末で授業がなかったのが救いであったが、教師が井川で、生徒が首藤だというのは、あっという間に噂になっていた。

と、井川に説明したのは、翌朝、再び病室を訪ねてきた曾根たち四人だった。

「井川、有名人だよ。お手柄先生だって」

「マスコミのキャプションっていつもセンスが悪いよな」

「…そんなことよりも、だ。なんでお前らが来るんだ？」

ちーすと軽い挨拶で、平然と病室に入ってきて、我が物顔でくつろいでいるのがどうにも解せない。話を聞きつつも、怪訝な顔で尋ねる井川に、真田が肩を竦めて答える。

「だって、大滝さん、今日仕事でいないって聞いたから。井川、動けないし、不便だろうと思ってさ」

「心配してくれるのはありがたいが、病院に迷惑だから、さっさと帰れ」

「頭打ったんだから、少しは柔らかくなったかもと思ったのに」

相変わらず、堅いよねーと言いながら、手鏡を覗いてつけまつげを直している宇都宮は、暇つぶしで来ているようにしか見えない。井川は溜め息交じりに…その先の展開が読めそうで言いたくはなかったのだが…、自分はもう自宅に帰るのだと話した。

「しばらく入院するんじゃないんですか？」

「全身打撲というだけで、どこが悪いわけじゃない。安静にしてるくらいしかないんだ。痛み止めだけもらって、帰ることにした」

「歩けるの？」

「タクシーで帰るからいい」

だからお前らは帰れ、と井川が言うのを、誰も聞いていなかった。普段でも話を聞かないのに、弱っているからなおさらだ。だったら、自分たちが自宅までつき添おうと、曾根の主導で話が決まり、それぞれが行動を始める。

間もなくして運ばれてきた会計書を持って、宇都宮と寺本が井川の財布を預かって支払いに行った。ついでに、処方された薬を受け取った二人が戻ってくると、曾根が真田と共に看護師詰め所に挨拶に行く。その帰り、まだ歩くのが困難な井川のために車椅子を借りてきた。

車椅子なんて大げさだから嫌だと、井川は言い張ったものの、病室内のトイレに行くのがやっとの状態である。とても広い病院内を歩いて、正面玄関前のタクシー乗り場まで行けるとは思えず、しぶしぶ車椅子に乗った。

「井川さん、お大事に。こんなに生徒さんに慕われてるなんて、いいですねえ」

見送ってくれた看護師に感心された井川は苦笑を返して病棟を後にする。帰れと言ったものの、曾根たちに助けられたのは事実で、エレヴェーターに全員で乗り込むと、「ありがとう」と礼を言った。

「世話になったな。すまなかった」

「何言ってんだよ。普段、井川に世話になってるのは俺たちの方じゃん」

「恩返ししてくれてもいいよ。プリント、減らしてくれるとか」

それは恩返しにならないんじゃないかと、曾根に冷静な指摘をされた宇都宮は、あんたにはわからないと突っかかる。井川も、恩返しというなら、宇都宮の成績を上げるためにプリントを増量しなくてはならないなと返しつつ、タクシー乗り場に向かった。

待っていたタクシーに乗り込み、井川はそこで「悪かったな」と言って四人と別れるつもりだった。しかし、井川に続いて曾根も後部座席に乗り、運転手に行き先を告げる。

「おい…！　ここでいい。一人で帰れるから」

「何言ってるんですか。先生、気づいてないでしょ」

「何が?」

「肝心なものを持ってないのに」

曾根の言葉を聞き、井川ははたと考えた。財布はある。携帯も。荷物は…なかったはずだ…。自分のポケットを押さえて考え込む井川に、曾根は車を出してくれるよう運転手に頼みながら、彼が忘れている事実に触れる。

「先生、昨日運び込まれた時は、財布も携帯も持ってなかったんですよ。それは俺が職員室から持ってきて、大滝さんに渡したんです」

「……そうか…」

「先生の鞄も大滝さんに預けておきました。…で、その時に俺は大滝さんからこれを預かったんです」

そう言って、曾根が井川の前に掲げたのは銀色に輝く部屋の鍵だった。はっと息をのむ井川に、大滝から頼まれているのだと告げる。

「大滝さん、今日は仕事だから、もしも先生に必要なものがあったりしたら、家から持っていってやって欲しいって言われたんです。大滝さんはしばらく入院すると思ってたみたいで」

「そうだったのか…。…いや、だったら、その鍵を俺に…」

「これは俺が大滝さんから預かった鍵ですから。それに俺は大滝さんから先生をよろしく頼まれてますから。一人で帰すわけにはいかないんです」

免罪符のように掲げた鍵をすっとポケットにしまい、曾根はふんと鼻先で笑った。その態度は気に入らなかったものの、強引に取り上げられるような余裕はない。激痛が走らないように、そっと腰掛けているので精一杯である。

くそう…と思いつつも、曾根一人になったのに少しだけほっとしていた井川だったが…。

「遅いよ、曾根」

病院で別れたと思っていた真田と宇都宮、寺本の三人がなぜか、マンションの前で待っていた。井川たちよりも後のタクシーで出発したが、真田が細かく道順を指示したせいで、先に着いたという。

痛む身体をこらえながら車を降りた井川は、冗談じゃないと思って、必死で訴える。

「も、もういい！　今日は助かった。感謝してる。だから、とにかく、帰れ！」

「何言ってるんですか。先生、そんな壊れたロボットみたいな動きじゃ、何もできないでしょ？」

「大丈夫だ。夜には大滝も帰ってくるし、それまでは寝てる」

「でも…」

「お前らがいるとかえって気を遣う」

それは怪我にもよくない。井川はそう結んで、全員に帰るよう命じる。四人が帰っていくのを見届けるまでは動かないつもりだった。曾根と真田だけでもとんでもないと思っているのに、宇都宮や寺本も部屋に入れることになる事態だけは、なんとしても避けたい。

厳しい顔で立っている井川の決意が固いと感じた四人は、それぞれの顔を見合わせた。どうする？ と小声で話し合った後、曾根が代表して井川と交渉する。

「わかりました。じゃ、俺だけ、一度部屋に入ってもいいですか？」

「だから…」

「先生。それじゃ、布団、敷けないですよね？」

寝る場所だけ用意したら帰ります…と言う曾根に反論はできず、井川はしぶしぶ頷く。真田たちには今度こそ、その場で別れを告げ、曾根と二人でエレヴェーターに乗った。三階の部屋に着くと、曾根は玄関を開け、さっさと中へ入っていく。足を一歩動かすのも痛みとの闘いである井川は、曾根に「待て」と言うのがやっとで追いつけない。ようよう靴を脱いで部屋の奥へ行くと、曾根はすでに寝室である和室に布団を敷き終えていた。

「鍵、ここに置いておきます。くれぐれも無理はしないようにしてください。何かあったらすぐに連絡してくださいね」

「わかった。世話をかけてすまなかったな」

お大事に…と言って帰っていく曾根を玄関まで見送ることもできず、井川は苦心して布団の上にしゃがみ、横になった。寝転がっても痛みは消えないが、幾分かマシだ。

「はあ…」

昨夜は鎮静剤のお陰で眠れはしたのだが、病院だから落ち着かなかった。やっぱり自宅はいい。溜め息が漏れるのと同時に、睡魔に引き込まれる。少しずつ薄くなっていく意識の中で、大滝に退院したと連絡しなきゃいけないなと考えていた。


ぐっすり眠っていた井川はどこからか聞こえる人の話し声で目を覚ました。熟睡していたせいか、すぐには自分が置かれている状況がわからなかった。薄暗い部屋は自宅の和室だ。なのに…真田や宇都宮の声がする。

「…ちょ、待てよ。お前、それは俺が食べるって、取った分だろ?」

「声がでかい。井川、起きたらまずいじゃん?」

「お前も十分、でかい声出してんじゃねえか」

「喧嘩するな。足りなかったらまた頼めばいいじゃないか」

くだらない言い合いを落ち着いた声で諭すのは大滝だ。大滝までいるのか。いや、ここは家だから……。

「…?」

大滝がいるのは当たり前で、真田たちの声が聞こえるのがおかしいのだ。はっとして起き上がろうとしたものの、全身に走る激痛に邪魔されてうまくいかない。それでもなんとか体勢を整え、畳の上を這うようにして移動し、襖を開けた。すると。

「……」

嫌な予感通りの光景が広がっていて、愕然《がくぜん》とした思いになる。曾根に真田、宇都宮に寺本という、追い返したはずの四人が勢揃いして小さなダイニングテーブルを囲んでいた。寝室である和室の襖が開いたのに気づいた寺本が、「先生」と声を上げる。

「井川、起きたのか?」

「だから、あんたの声がでかかったんだって」

「先生、気分はどうですか?」

寺本に続いて声をかけてくる真田たちに答える余裕はなく、井川は項垂《うなだ》れた。どうして…と暗澹《あんたん》たる思いでいると、大滝がやってくる。「大丈夫か?」と気遣ってくれる声に頷き、心配をかけたのを詫びた。

「いろいろすまなかった。病院にいても寝てるくらいしかないから、帰ってきたんだが…」

「横になってた方が楽なら、ソファに移動するか?」

ああ…と返事をしながらも、井川はさっさと動けるような状況ではない。四つん這いでのろのろと移動しようとする井川を、大滝はひょいと抱え上げ、ソファまで運ぶ。

「っ…お、おたき…！」

普段から頻繁に抱えられているものの、状況が悪い。曾根たちがいるのに…と真っ青になる井川だったが、疚《やま》しく思って反応しているのは彼だけだった。

「大滝さん、力持ち〜」

「鉄骨より井川の方が軽い」

「マジ格好いいね。現場の男」

一同が感心するのはその腕力で、大滝も平然と返しているのを見て、井川は自分を反省して、体勢を整えた。眠るたびに動ける範囲も大きくなっている。日にち薬とはこのことだなと思いつつ、ダイニングテーブルを占領している曾根たちにどういうことなのかと渋面で問いかけた。

「帰れと言っただろう。まさかとは思うが、ずっといたんじゃないだろうな？」

「いえ。ちゃんと、一度、帰りましたよ」

「大滝さん、夕方には帰ってくるだろうと思って、もう一回来たんだ」

だから、どうしてもう一度来る必要があるのか。うんざりした気分で、宇都宮と寺本までいるのはなぜなのか聞くと、「心配だったから」と全然心配なんかしてないような顔で宇都宮が答える。

「嘘をつけ。好奇心だろ」

「わかる？　男の二人暮らしなんて、汚いかなと思ったけど、そうでもないじゃん」

「お前の部屋より全然綺麗《きれい》だ」

「先生、よくわかりますね」

井川の指摘は当たっているると驚く寺本に、宇都宮は膨れっ面になった。そんなことないと反論しないのは、寺本の言う通りビンゴだからなのだろう。井川は疲れた溜め息をつき、近くに腰を下ろしている大滝に、「すまん」と謝った。

またしても子供の相手をさせてしまっている。大滝は首を振って苦笑し、今日はさすがに人数が多いのでピザを頼んでみたと伝えた。

「井川も食べるか？」

「残ったらでいい」

起きてきた井川が元気そうなのを見ると、真田たちは再び旺盛にピザを食べ始めた。井川が寝起きに耳にしたのは、ピザの奪い合いだったらしい。ここからここまでは俺のだ…と主張する真田に、宇都宮が食ってかかって、曾根が冷静に問題点を指摘し、寺本が穏やかに宥める。離れたところで聞いていると、学校にいるような錯覚に陥る。

「身体はどうだ？」

「昨日よりはずいぶんいい。寝るたびによくなるが、一朝一夕《いっちょういっせき》というわけにはいかないな」

「そうだろうな。学校は行けそうか？」

「大丈夫だ。休んでるような暇はない」

明日、一日休養を取って、月曜には這ってでも行かなくてはならない。落っこちたのは自分のミスでもあるし、十二月という大事な時期に穴は開けられない。大滝と話しているのを聞いた宇都宮が、ピザを手に「でもさあ」と少し眉をひそめて言った。

「井川がここまで熱血教師だとは正直、思わなかった。一緒に飛び降りちゃうなんて、ありえないよ。自分の方が大事じゃん」

「うるさい。止めようとしただけで、落ちるつもりはなかったんだ」

「でも、先生、すごい勢いで首藤を追いかけていきましたよね？　首藤があああいう真似をするって、どうして気づいたんですか？」

曾根の質問に、井川はしばし沈黙した後、「なんとなくだ」と曖昧に答えた。補習で居残っていた自分たちのもとへ姿を現した首藤は、様子がおかしいのはわかったものの、飛び降りるほどだとは思っていなかったと、四人はそれぞれ昨日のことを振り返る。

井川にとって首藤は生徒だけれど、四人には同級生であり、同等の存在だ。厳しい意見も多く出る。志望校に行けないのは自分のせいなのに。それくらいで死んでどうするのか。人の迷惑も考えないで。言いたい放題の話を聞いていた井川の顔は次第に顰めっ面になっていった。それがどうしてなのか、知っている大滝は、それとなく子供たちを窘める。

「終わったことだし、もういいじゃないか。井川もその子も無事だったんだ。それが一番だ」

「でも、大滝さん。下手すると、井川だけ死んじゃってたとか、ありえたんですよ?」

「命賭けて助けなきゃいけないような奴じゃないって」

自分のことを思って言ってくれているのはわかっていたが、井川には納得し難い部分があった。何も言うつもりはなかったのに、つい、口を開いてしまう。

「…相手が誰だとしても、俺はああいう場面に遭遇したら、絶対に何があっても止めるって決めてるんだ」

井川の声は決して大きくなかったし、口調もきついものではなかった。それでも、言葉にこめられた真剣さは伝わって、しんとなる。沈黙が重くなる前にと、大滝は立ち上がって子供たちにジュースを勧めた。

「コーラはもういいのか?」

「…あ、俺、お代わり欲しいです」

「私も。あの、これ、全部食べちゃってもいいんですか?」

「もちろん」

「本気で全部食べる気なのか?」

「行けるだろ」

大滝の気遣いで、一瞬流れた気まずい空気が払拭《ふっしょく》され、元の雰囲気に戻る。余計なことを言ってしまったと反省しながら、井川は遠い昔のことを思い出していた。

宇都宮と真田は宣言通り、ピザをぺろりと食べ尽くしてしまい、井川の口に入ることはなかった。食事を終えた後も居座ろうとする四人に、井川は険相でさっさと帰れと命じる。怪我人である井川にゆっくり休みたいからと言われては反論もできず、四人はしぶしぶ帰っていった。

井川は身動きが取れなかったので、大滝に四人を送ってくれるよう、頼んだ。曾根と真田はともかく、宇都宮と寺本は女子である。すでに外は暗く、夜道で何かあっても問題だ。四人と共に出かけていった大滝は小一時間ほどして戻ってきた。

「おかえり」

ソファに寝転がったまま、大滝を労う。本当にすまなかった…と心から詫びるのは、大滝がいない間に、片づけなどをしようと思っても、身体が自由にならなくてどうにもならなかったからだ。

「迷惑ばかりかけてごめん」

「何言ってんだ。それにあいつら、後片づけもきちんとしていったぞ。井川のことが心配なんだ。大目に見てやれよ」

これでもずいぶん大目に見ているつもりだと、反論し、井川は溜め息をつく。その傍らに座り、大滝はじっと井川を見つめた。その表情に物言いたげな気配を感じ、井川は「どうした？」と聞く。

「……女の子たちは真田が同じ方向だというんで、途中から任せたんだが…その後、曾根と二人になって…聞かれたんだ」

「…何を？」

「井川が身体を張って助けたのは、何か理由があるんじゃないかって」

「………」

曾根は頭のいい分だけ、勘もいい。大滝が困ったような顔をしているのを見て、答えの想像をつけながら、「それで？」と聞く。

「……話した」

すまん…と続ける大滝に、井川は苦笑して首を小さく振る。大滝が悪いわけじゃない。口が軽いとも思わない。大滝が話した方がいいと思うような状況だったのだろう。井川は「大滝」と呼んで、彼をじっと見つめる。

視線だけで意図を理解した大滝は、小さく笑って井川の上へ覆い被さる。唇を重ね、井川の望むようなキスを与えた。

「……っ……ふ……」

自ら大滝に口づけたいと思っても身動きが取れないのは不便なものだ。優しくて甘いキスをひとしきり味わって、離れていく大滝をなおも見つめる。

「……できそうなのか？」

「残念ながら無理だ。今したら、違うプレイになる」

真面目な顔で言う井川を笑って、大滝は啄《ついば》むようなキスを繰り返す。愛《いと》おしげに口づけてくれる大滝に、井川は改めて「すまなかった」と詫びた。

「…心配をかけた」

「昨日から謝ってばかりだな」

「大滝がいてくれてよかった。あらゆる意味で……よかった」

自分には大滝が必要だと、常日頃から思ってはいるけれど、こういう時にはしみじみと実感できるものだ。それに素直にもなれる。

「大滝」

「なんだ？」

「好きだ」

唐突な告白に、大滝は動きを止めて、至近距離から井川を凝視した。その顔は鳩《はと》が豆鉄砲を食ったよう…という表現が似合うもので、井川は鼻先で笑いを漏らす。

「なんだ、その顔は」

「…いや……びっくりするだろ……、これは…」

「前に聞いただろ？　好きだって言ったことがあるかどうか」

ああ…と頷く大滝を見つめながら、あの時はわざとごまかしたのだと正直に告げる。言ったことはないと覚えていたけれど、恥ずかしくて、話題を逸らしてしまった。大切だと、大滝以外にはいないと思っているのに、素直な気持ちを伝えないままで来て悪かったと謝る。

「なんていうか…今さらっていう思いもあってだな…」

「…なのに、どうして？」

「……。もしかしたら、死んでたかもしれないと想像したら、なんでも言っておくべきだと思った」

特に大滝には。一番大切な人に、大切な気持ちを伝えないままで、二度と会えなくなってしまったら。死んでも死にきれないに違いない。

真面目な顔で告げる井川に、大滝は笑みを浮かべて「そうだな」と同意する。井川の負担にならないよう気を遣って、唇を重ねる。甘い口づけを交わしていくうちに、少しずつ欲望が満ちていく。

互いが終わらせたくないと願う長い口づけは、厄介な衝動をも生む。唇が離れた合間に、井川は「大滝」と掠れた声で呼んだ。

「…やっぱり…無理そうだ」

このまま続けていたら、どうにもならない状況になるのは目に見えている。いつもなら何を置いても欲望に従うところだけれど、物理的な障害というのは越えられないものだ。腕一本動かすのが一苦労な状況で、セックスなど挑めそうにはない。仕方なさそうな笑みを浮かべる大滝に対し、井川は仏頂面だった。

「くそ…っ…。これは誤算だ」

「仕方ないな。早くよくなれよ」

「来週は絶対！」

必ず回復するから、絶対しようと鼻息荒く言う井川に、大滝は笑って頷く。その額に唇を寄せ、約束だなと低い声で囁いた。


日曜も一日休養に徹した井川は、月曜の朝にはなんとか動けるような状態にまで回復していた。それでも大滝は心配して、仕事を遅刻して送っていこうかと提案したのだが、大丈夫だからと断った。いつもよりも時間がかかるのを見越して家を出て、なんとか学校へ辿り着くと、誰かに会うたびに心配された。

中でも特に井川を気遣ったのは、首藤の担任でもある三谷だった。三谷は自分の対応が悪かったと深く反省しており、井川が運び込まれた病院でも平謝りしていた。しきりに体調を気遣ってくれる三谷に、井川は自分よりも首藤を気遣ってやって欲しいと求めた。

「わかってます。…ですが、首藤の両親から、しばらく学校を休ませるという連絡がありまして…」

「そうですか…」

人の口に戸は立てられないもので、飛び降りたのは首藤だと、誰もが知っている。そのような状況で姿を出しにくいのは井川にも理解できて、困ったなと頭を悩ませた。

井川自身は思うようには動かない身体を不便に思いながらも、仕事はこなした。A組では真田や宇都宮たちがいつも通りの顔でいる中で、曾根だけは何か言いたげな表情でいるのに気づいていた。

大滝から聞いた話が原因しているとわかっていたものの、自分から話を持ちかける内容でもない。淡々と一日を過ごし、翌日の火曜。周囲に心配されながらも、井川は補習を行った。

「…遅くなってすまん。始めるぞ。プリントを取りに来てくれ」

自主参加組のメンバーが「大丈夫ですか？」と心配してくれるのに適当な相槌を返し、プリントを配る。宇都宮たちにもプリントを渡し、その前に腰掛けた井川は、週末は世話になったと小声で礼を言った。

「結構、動けるようになってんじゃん」

「痛そうだけどね。先生、無理しない方がいいですよ。歳取《とし》ってから響くっていいませんか？」

「それは嫌だな」

寺本の指摘に眉をひそめ、おとなしくプリントに取りかかっている曾根に目を向ける。減らず口が少ないように感じるのは気のせいではないだろう。真田たちの様子を見る限り、曾根は大滝から聞いた話を自分の胸だけに収めているのだと思われた。

いずれ話をしなきゃいけないかと考えながら、井川はいつも通り生徒たちからの質問などに答えていた。ほとんどの生徒が志望校を決め、受験本番に向けてラストスパートという時期に来ている。教室内にも真剣なムードが漂っており、静けさが途切れることなく、終了時刻を迎えた。

以前よりは真面目に取り組んではいるのもの、宇都宮は相変わらず、時間内にプリントを終えることができない。教室内に四人だけが残ったのを見て、頬杖を突いた真田がぼそりと呟いた。

「…先週もこんくらいにあいつが現れたんだよな」

「ちょっと、何言ってんの？」

不吉なことを言うなと、宇都宮が真田を責めた時だ。がらりと教室のドアが開く。全員が息をのんで出入り口の方を見れば、真田の予言通り、首藤が立っていた。

幽霊でも見たかのように「ひっ」と声を上げる宇都宮の口を、寺本と真田が慌てて塞ぐ。井川は首藤の姿を見て、ほっとした気分で声をかけた。

「入れよ」

今日も首藤は学校を休んでいたはずだが、補習が終わったのを見計らって訪ねてきたのだと思われた。躊躇いを見せながらも、ドアを閉めて近づいてきた首藤に、井川は「ほら」と言ってプリントを差し出す。

「前に提出したやつと、間違えていたところを補充するためのプリントだ。時間があるなら、宇都宮が終わるまでの間だけでも、ここでやっていったらどうだ？」

「……」

井川からプリントを受け取った首藤は、その場に立ち尽くしていた。俯いた顔は硬く、辛そうに歪んでいる。首藤の反応を窺うように見ていた一同の中で、最初に声を上げたのは曾根だった。

「首藤」

曾根に名前を呼ばれた首藤は、はっとしたように顔を上げる。曾根は自分の隣の椅子を引き、「座れよ」と勧めた。首藤は戸惑った様子を見せたが、おずおずと歩いていき、曾根の隣に座った。

その斜め前に座っていた寺本が振り返り、筆記用具を持たない首藤に「はい」と言って、シャープペンシルを渡す。ぎこちなく頭を下げ、首藤は借りたシャープペンシルを握ったが、プリントをじっと見つめるだけで動かなかった。

衝動的だったとはいえ、自殺しようとするくらい、追い詰められていたのだ。数日で回復するはずがない。特に原因は受験を巡るストレスである。元通りにやれという方が無理だったかと、井川は反省しつつ、首藤に声をかけようとした。だが、その前に曾根が口を開いていた。

「野比谷、受けるんだろ?」

「……」

曾根の言葉に驚いて、首藤は目を見開いて隣を見る。首藤だけでなく、井川を含めた他の全員もびっくりして曾根を見た。以前の曾根は首藤を相手にしていない感じだったし、先ほど曾根から声をかけたのも誰もが意外に思っていた。

首藤は曾根を見たまま、驚いていた顔に苦渋を滲《にじ》ませる。

「…でも…俺は……」

「受けろよ。そのために頑張ってきたんだろ? ここで教師に従って、安全策取って、どうするんだよ?」

「……」

「落ちても受かっても、自分の責任だってことを、お前がわかっていればいいんだ。…ですよね？　先生」

ふいに振られた井川は、どきりとしつつも、「ああ」と返事して頷いた。だが、問題は首藤にそこまでの精神力が残っているかどうかだ。曾根の真意を測りかねていると、無言の首藤に曾根は続ける。

「俺に負けたくないって、今でも心の底では思ってるんじゃないのか？」

「……」

「俺は野比谷を受ける。合格するかどうかはわからないが、お前が受験すらしなかったら、勝ち負けはつかないぞ」

これまで進学問題を棚上げしてきた曾根が、首藤に向かって、野比谷受験を宣言したのは驚きだった。そんな話、まったく聞いていない。まさか、首藤をやる気にさせるための嘘じゃないだろうな。相手が口の達者な曾根だけに、穿った見方をする井川をよそに、真田が怪訝そうな顔で曾根に声をかける。

「曾根、進学しないとか言ってたじゃん？」

「いろいろ考えてみて、学校に行ってる方が俺には向いてるのかもと思って」

「今頃、気づいたわけ？」

「曾根くん、頭いいんだから。もったいないよね」

宇都宮や寺本からも声をかけられ、曾根は苦笑を返してから、井川を見た。そういうことなんで、よろしくお願いします。そんな言葉がこめられた視線を、井川は冷めた気分で受け止めて、肩を竦める。

「…ほら、やれよ。時間ないぞ」

固まっていた首藤に声をかけ、曾根は自分のプリントに取り組み始める。それを見て、首藤も握ったままだったシャープペンシルを持ち直した。一つ息をつき、決意のこもった顔で問題を解き始める。

曾根が首藤を励ますような真似をしたのは、大滝から聞いた話が影響しているのかもしれない。どちらにせよ、それぞれのためになるのなら、それでいい。そう思って、競い合うようにシャープペンシルを動かす二人を眺めていた。

すでに補習時間は終わっていたのもあって、宇都宮がプリントを終えると、井川は全員に帰るよう命じた。首藤には残りのプリントは家でやって、金曜に持参するよう伝える。彼は素直に返事をし、寺本にシャープペンシルを返して帰っていった。

「お前らもぐだぐだしてないで帰れよ……っ…いたた…」

「なんか、井川、ジジイっぽくない？」

「ジジイじゃない。怪我人だ」

怪訝そうに眉をひそめる宇都宮に言い返し、四人に教室を施錠したりするのを手伝わせる。職員室へ戻るために階段を下り、昇降口へ向かう背中に気をつけて帰るよう声をかけて、別れた。

細々とした仕事はいくらでもあったが、体調を考え、早く帰ろうと決めていた。いつもよりも早い時刻に帰り支度をして職員室を出た井川は、靴を履き替えて通用口へ向かう途中、「先生」と声をかけられた。

暗がりにいたのは曾根で、やっぱりなと思いつつ、「待ってたのか？」と聞く。

「…荷物、持ちましょうか？」

「平気だ。軽くしてある」

曾根の気遣いを断り、井川はゆっくり歩き始める。まだ身体のあちこちが痛むので、普段のようにさっさとは歩けない。曾根は井川のペースに合わせてその横を歩いていたが、言葉に迷っているようで、ずっと無言だった。

曾根が話を聞きに来るだろうという予感はあった。一歩一歩、確かめるように歩きながら、井川は曾根が首藤に話していた内容を確認する。

「野比谷、受けるんだな？」

「…はい」

「首藤にあんな言い方をしたんだ。受験日に逃げ出すとか、そういう真似はするなよ」

「わかっています」

昔のことを持ち出され、曾根は少しむっとしたように「しません」とつけ加える。井川は笑って、「そうか」と相槌を打つ。

「…先生」

「なんだ」

「先生が教師になったのは……友達が自殺するのを止められなかったからですか？」

ストレートすぎるようにも思う問いかけに、井川は苦笑するしかなかった。話の要点をまとめたつもりなのだろうが、デリケートな内容だけにもう少し聞き方というものがある。それだけじゃないけどな…とぼかした答えを返すと、曾根は大滝がそう言っていたのだとつけ加えた。

「先生が首藤を助けたのは…昔のことを後悔しているからだって…。先生が教師になったのも、それが原因してるんだって、大滝さんは言ってました」

確かに、あのことがなければ、教師にはなっていなかっただろう。井川はどう言ったものかと悩みながらも、過去の記憶を引っ張り出しながら、曾根に答えを返す。

「…友達じゃ…なかったんだ」

「……」

「あの頃の俺は…自分には友達はいないと思っていた。必要ないって考えてたんだよ。…あの日、俺はたまたま忘れ物を教室に取りに戻った。すると、あいつがいて…今、思えばあいつは俺と何か話したかったんだと思う。でも、俺はめんどくさくて…声もかけなかった。忘れ物を取って…教室を出て、…でも、なんだか気になって教室に戻った。…あいつは窓枠から身を乗り出してて……俺が戻ってきたのに気づいて、振り返ったんだ」

古い話だ。もう夢に見ることもほとんどない。なのに、話していると、まるで昨日のことのように感じられるのは、それだけ心に深く刻まれているからに違いない。生涯、忘れきることなどできない記憶。

中学の時の同級生なんて、二度と会っていない人間が大半で、その顔もまったく思い出せないほどなのに。友達だとも思っていなかった相手の顔を、今もはっきり覚えている。

「……俺はその時も声がかけられなかったんだよ。何を言ったらいいか、わからなくて…。普通、止めるじゃないか。何してるんだ、バカなことはやめろって。そういう普通のことが…できなかったんだよ」

「…それは……驚いてしまって…動けなかったんじゃないんですか？」

「確かに、それもあった。当時、事情を聞かれた時も、そう説明した。一瞬のことで、何もできませんでした…って。でも、思い返すほどに、そうでもなかったと思えてな。だって、何も言えない俺を見て、あいつは諦めたみたいに…笑ったんだ」

ふう…と深く息を吐き、井川は足を止める。少し疲れたから座らないか…と曾根を誘い、通りかかったマンションの植え込みに腰掛けた。エントランス近くに自販機があり、曾根に小銭を渡してコーヒーを買ってきてくれと頼む。お前も飲むかと聞いたが、曾根は首を横に振った。

自販機へ向かう曾根の背中を見ながら、大滝はどこまで話したのだろうと考えた。苦い思い出には大滝も関わっている。井川と同様に、大滝も級友が自殺した現場に居合わせた。正確には級友が飛び降りたのを見て、呆然としているしかなかった井川のもとに、大滝が現れたのだ。

どうかしたのか？　今と変わらない、落ち着いた口調で大滝は聞いた。井川は冷静なようでもパニックになっていて、声も出せなかった。飛び降りたのだと説明するのにずいぶん時間がかかり、大滝が井川に代わって、教師に知らせた。

大滝とはただのクラスメイトだったけれど、それ以来、自分を気遣ってくれるようになった。卒業後の進学先は超進学校と工業高校で、まったく毛色が違ったけれど、大滝は定期的に連絡をくれた。高校を卒業した後は、大滝は就職して鳶職を始め、井川は東大へ進学した。おそらく、大滝に一緒に暮らさないかと持ちかけられたのは、教師になると告げた後だった。おそらく、大滝はあの時からずっと、自分を心配してくれていて……だからこそ…。

「先生。ブラックでしたよね？」

「…え…ああ」

曾根の動きを追っていたはずが、自分の世界に入り込んでしまっていた井川は、目の前に差し出された缶コーヒーにも気づいていなかった。小さく息をつき、温かな缶を受け取る。プルトップを開けて一口飲むと、苦い味が染みるように感じられた。

これ以上の話を曾根が望んでいるかどうかはわからなかったが、なんとなく話を終われなかった。余計かもしれないと思いつつ、その後の話を続ける。

「…それまで俺はあいつとほとんど話したこともなかった。けど、事件後に教師に呼ばれて…。学校で人間関係の調査みたいなことするだろ。あれで、あいつは俺のことを友達だって書いてたんだよ」

「……」

「あいつ自身、友達がいなくて…そこに書かれていたのも、俺の名前だけだった。…どうして俺の名前を書いたのか。あの時、俺に何か話したかったんじゃないのか。どうして一言だけでも声をかけなかったのか。…山ほど考えても、答えは見つからなくてな」

教師になって同じような悲劇を防ごうとか、そんな高尚な思いを抱いたわけじゃない。ただ、一生見つからないであろう、答えを探す場所は、学校しかないと思った。同時に、もしも同じような場面に遭遇したら、今度はなりふり構わずに何がなんでも助けようと思い続けてきた。

廊下を駆けていく首藤の背中を見た時。かつての記憶がフラッシュバックした。追いかけた覚えも、止めた覚えもないのにおかしなものだと思ったけれど。井川は苦笑して、「喋りすぎた」と反省する。缶コーヒーを飲んで、自分の前に立っている曾根を上目遣いに見た。

「…誰にも言うなよ？」

「言いません」

「お前のそれは、信用ならないんだよなあ」

眇めた目で見る井川に曾根は肩を竦めて返し、その隣に腰を下ろした。缶コーヒーを飲む井川に、「先生は…」と呟くような調子で問いかける。

「前に…自分の人生は悪くないと思ってるって…言いましたよね？」

「ああ」

「あの時は…正直、負け惜しみも入ってるんじゃないかと思いましたが…納得できました」

何をどう納得したのかはわからず、井川は微かに眉をひそめて鼻先で息をつく。残りのコーヒーを飲み干してしまい、曾根に捨ててきてくれと言って、空き缶を渡した。曾根はそれを受け取り、「俺が」と続ける。

「先生の自宅にまで押しかけたのは…不思議だったからなんです。先生は熱血教師というわけじゃないけど、それなりに生徒に対して真摯《しんし》な態度で接してて…不満を持っているように感じられなかったんです。それが不思議で…」

「不満って？」

「俺は東大出てるのに、なんで中学校の教師なんかやって、バカの相手してるんだろう、みたいな」

曾根は淡々と言うけれど、口が悪すぎる。井川は渋面で窘め、不満なんかないのだと伝える。前にも消去法的な考えで教師になったのではないと話したはずだ。そう言う井川に、曾根は大きく頷き、空き缶を手に立ち上がった。

「世の中にはいろんな形のしあわせがあるんだって、わかった気がします」

「悟ったようなことを言うな。子供のくせに」

「子供だからこそ、見えることもありますよ」

捨ててきます…と言って背を向ける曾根を、井川はなんとも言い難い気分で見つめた。まったく。わかっているんだか、いないんだか。不安定なのに変わりはなくて、まだまだ見張りが必要だなと思って、内心で溜め息をついた。

途中で曾根と別れ、のろのろとした歩みで自宅へ戻った。いつもよりも帰宅時間は早いが、大滝はすでに帰ってきている時刻だ。チャイムを鳴らすと、間もなくして足音がして、ドアを開けてくれる。

「おかえり。大丈夫か?」

「ああ。ただいま」

顔を合わせてすぐに気遣ってくれる大滝に笑みを返し、井川はぎこちない動きで中へ入る。大滝を安心させるためにも、着実によくなってきていると話しながら靴を脱いだ。大滝は井川の荷物を奥へ運んでいきながら、夕飯はもう少し待ってくれと言った。

「今、作ってるところなんだ。先に風呂、入ったらどうだ?」

「そうする」

いつもなら井川が八時前に帰宅することは滅多にないが、体調を考慮して早めに帰ってきている。夕食の支度が間に合わないのも当然で、逆に気遣わせてしまうのを大滝に詫びた。台所を覗くと、揚げ物をするところだったらしく、粉をまぶされた豚肉が見える。

「酢豚か?」

「ああ。井川、好きだろう」

井川の荷物を居間の方へ置いて台所へ戻った大滝は、手を洗って調理を再開する。ガスの火を点《つ》け、揚げ油の温度を見て、豚肉を投入していく。大滝が料理するのをぼんやり見ていた井川は、「どうした?」と聞かれてはっとした。

なんでもないという意味で首を振りながらも、井川は苦笑していた。自分の人生は悪くない。曾根に堂々と言えたのは、自分に大滝という存在があるからだ。大滝がいなくても、自分は教師になっていただろうが、今のようにわずかな曇りもなく、「悪くない」と思えていたかどうかはわからない。

人と比べ、しょうのないことを考えてしまっていたかもしれない。今の自分に迷いがないのは、大滝という特別な存在が自分を守ってくれているからだ。

「…不思議だなあと思って」

「何が」

「大滝がどうして俺を好きになってくれたのか」

菜箸で豚肉をひっくり返していた大滝は、予想もしなかったことを言われ、目を丸くして井川を見る。そのまましばらく井川を見つめていたが、揚げ物をしているのを思い出し、慌てて豚肉に目を戻した。

揚がり具合を見て、豚肉をキッチンペーパーを敷いた金網へ上げる。残りの豚肉を投入してから、「俺も」と井川に返した。

「不思議だよ」

「何が?」

「井川がどうして俺を好きになってくれたのか」

同じ台詞を返し、大滝は口元ににやりとした笑みを浮かべた。普段、やり込められることの方が多い大滝だが、今日ばかりは勝てた気がして、自信たっぷりに井川を見る。井川の方も負けたという自覚があり、肩を竦めた。

「そう来たか」

「風呂入ってこいよ」

笑いながら言う大滝に頷き、井川は風呂へ向かう。日に日によくなっているとはいっても、服を脱ぐのもまだ苦労を要する。週末までになんとしてでも治さなくてはいけないと心に誓い、できたての酢豚を食べるために、可能な限り急いで風呂を終えた。


井川の怪我は順調に治り、金曜の補習の際には、ほとんど普段と変わりない動きができるようになっていた。首藤も水曜から登校してきており、担任の三谷と再度話し合って志望校を野比谷と決め、受験勉強を再開していた。

ようやくそれぞれの進路に向かって歩み始めたのを見て、井川はほっとした気分でいた。曾根の問題も片づいたし、これで週末は大滝と二人でゆっくり過ごせる。土曜の朝、夜は全快祝いも兼ねてちょっといいものを食べに行こうと約束し、仕事に出かけていく大滝を見送った。

井川自身は午後から男子テニス部の部活動を監督しに学校へ赴いた。先週は怪我で動けなかったので、女子テニス部と合同練習にしてもらった礼を、女子テニス部顧問の豊島に告げた。豊島は快活にいつでも引き受けますよと言ってくれたが、男子テニス部の面々は井川の復活を心から喜んでいた。

「よかったです…先生が早く戻ってきてくれて…」

「今週も女テニと合同だったらどうしようかと…」

強豪選手のいる女子テニス部は、弱小男子テニス部とは練習の量も質も違う。死にそうになったとぼやく部員たちに、井川は一応活を入れつつ、いつも通りに適当な感じで練習を終わらせた。

通常、土曜の部活終了後はすぐに帰宅するのだが、教務主任に呼び止められて細々とした雑用を押しつけられてしまったのもあって、学校を出たのは六時近かった。下手をすると、大滝の方が先に帰っているかもしれない。足を速めて自宅に戻った井川は、階段を上がり、あと数段で三階に着くという頃になって、話し声に気がついた。

「…井川、遅いよな」

「男子テニス部は時間通りに終わるんだけどね」

「弱っちいんでしょ？　男《だん》テニって」

「女テニが強いから、目立つよね」

確かめるまでもなく、声の主が誰であるのかはすぐにわかった。あの四人組に間違いない。もう問題は片づいたのだし、今週はやってこないだろうと思っていたのに。自分の考えは甘かったと足を止めたまま反省していると、下から足音が聞こえてくる。

「…！」

もしかして…と思い、下りていくと、大滝が上ってきていた。「井川」と嬉しそうに呼んでくる大滝に、しっと指を立ててジェスチャーし、その腕を掴んで一階へ下りる。どうしたんだ？　と小声で聞いてくる大滝に、井川は険相で告げた。

「あいつらがいる」

「……また？」

さすがの大滝も呆れ顔なのは当然だろう。井川は申し訳ない気分になりつつも、「逃げよう」と大滝に提案した。大滝は苦笑し、「いいのか？」と聞く。

「これ以上、邪魔されてたまるか」

「でも、逃げるってどこへ？」

先に飯を食いに行くのかと続ける大滝に、井川は不敵な笑みを向ける。先週は怪我のせいで、実に悔しい思いを味わった。このましたいと願っても、身体がいうことを聞かないという、蛇《へび》の生殺し状態だったのだ。

今日こそは…。大滝とご飯を食べに行った後、思う存分、先週の続きをするつもりだった。好きだと、改めて大滝に告げて…それから。不埒《ふらち》な妄想を抱く井川は、堂々と断言する。

「ルームサービスの取れるホテル」

「全快祝いだな」

声を上げて笑い、賛成してくれる大滝にすぐにでも抱きつきたくなったが、道の往来では叶わない。早く二人きりになれる場所に行かなくては。待ちぼうけを食わせるあいつらには悪いけれど、教師にも潤いが必要だ。勝手な理屈で理性を納得させて、タクシーを捕まえるために、勢いよく手を上げた。

やっぱりわかってる

受験生にはクリスマスも正月もない。ひたすら勉強するのみだ。そんな言葉を皆にかけていた井川《いがわ》だが、特に曾根《そね》たち四人組には口を酸っぱくして繰り返していた。

「いいか。受験生にクリスマスだのケーキだのパーティだの、言ってる余裕はまったくないんだ。年明けには都立の倍率も出るし、すぐに私立の受験も始まる。一分一秒を惜しまなきゃいけない時期なんだぞ」

「でも、俺、受験しないから関係ないし」

「直接関係なくとも、周りを気遣え」

「一日くらい遊んだって、大して影響しないと思うんだけど」

「一日くらいという、わずかな気の緩みが綻《ほころ》びを招くんだ。一瞬たりとも気を抜くな。浮かれるのは合格してからにしろ」

仏頂面の真田《さなだ》と宇都宮《うつのみや》にこんこんと説教する井川は真剣だった。クリスマスは来週の月曜日に迫っており、前々から自分たちの立場も忘れ、クリスマスパーティを計画しようとしていた四人組に釘《くぎ》を刺しておかなくてはいけなかった。

それに井川には背に腹は代えられない事情があった。よしんば、四人が「自分たちだけで」クリスマスパーティをしようとしているのだったら、やめとけよ程度の軽い注意で済ませていただろう。だが、絶対にそれでは済まない確信が、井川にはあったのだ。

実際、以前、大滝のクリスマスの予定を聞かれたこともある。お前たちの友達じゃないだろうと切り捨て、それ以後は取り合わないようにしてきたが、諦《あきら》めたのかどうかはわかっていない。だからこそ、こうして受験生としての心構えを説いて、クリスマス気分をぶち壊しておかなくてはならないと、井川は必死だった。

「とにかく、金曜で学校も終わるが、二十五日からは補習もある。真田はともかく、他の三人は顔出せよ」

「えー。一体、いつまで勉強させる気～?」

「あとちょっとだよ。頑張ろう、明依《めい》ちゃん」

健気《けなげ》に励ます寺本《てらもと》に宇都宮がぶつぶつ愚痴っている後ろで、一人、曾根は無言でシャープペンシルを走らせていた。クリスマスの話にもまったく乗っていない。真面目《まじめ》に問題を解いている姿を見て、井川は内心でほっとしていた。さすがの曾根も、最難関校を受験すると決めた以上、合格するために気が抜けないのだろう。

統率役である曾根がこの様子なら、自分の心配も杞憂《きゆう》に終わるかもしれない。四人で集まってカラオケに行く程度であれば、大目に見ようじゃないか。そう考えながら、井川は自らのクリスマス計画に思いを馳《は》せていた。

今年は祝日である二十三日が日曜なので、二十四日は月曜でも振替休日となっている。大《おお》滝《たき》は祝日でも仕事のことが多いのだが、その日は現場の都合で休みになると聞いていた。

クリスマスは井川と大滝にとって、特別な日でもある。今年は思いがけない事件が起きたのをきっかけにして、大滝に素直な気持ちを告白できていた井川は、例年以上にスペシャルなクリスマスにしたいと願っていた。

ケーキもチキンも密《ひそ》かに予約してある。本当は外に食事に出かけたいけれど、大滝は翌日仕事なので、なるべく早めに休ませたい。だから、家で早めに二人きりのパーティを始めるつもりだった。

その計画を大滝に話そうと思いつつ、学期末で、受験生の担任でもある井川は雑用も多く、忙しかった。ようやく、大滝に話せる余裕ができたのは、終業式を迎えた二十一日のことだった。

「二十四日のイブなんだが」

「ああ。俺も話さなきゃいけないと思ってたんだ」

夕食時に話を切り出した井川に、大滝もはっとした顔で口を開く。食事に行こう…とでも誘ってくるのかと考えた井川は、最悪な内容を耳にして凍りついた。

「ピザの予約を三時にしたんだが、よかったかな」

「…ピザ？」

「本当は夜の方がいいんだろうが、遅くならない方がいいだろうし…」

「……遅くなるって？」

「いや、あいつら…、受験生だから……」

怪訝《けげん》そうに確認する井川の顔が次第に凶相になっていってるのをリアルタイムで見ていた大滝は、途中で井川が何も知らないのに気がついた。恐ろしい予感を抱いていた井川は、大滝が「受験生」と口にするのを聞き、怒りを噴火させる。

「っ…‼　まさか、あいつら…大滝に直で連絡してたのか⁉」

「…井川に言ってなかったのか……」

「俺に無視されたからだな…。くそう…曾根の奴……」

あの時、曾根が話に乗っていなかったのは、受験勉強に集中していたからなどではなく、厄介な自分をスルーして計画を進めていたからだったのだ。憤怒《ふんぬ》の表情で箸《はし》を握りしめる井川に、大滝は困った顔で頬杖《ほおづえ》を突く。

「おかしいなと思ってたんだ。井川には言ってるのかって聞いたら、大丈夫ですって軽い返事だったから。井川も忙しそうで、話す余裕がないのかなと思って、聞かないでいたんだ。すまない」

「どうして大滝が謝る？　悪いのはすべてあいつらだ！」

人を騙《だま》し討ちするような真似《まね》をしようとしているなんて、許せない。鼻息荒く怒っている井川を見た大滝は、肩を竦《すく》めて「わかった」と言った。

「俺から急に仕事が入ったって言って、断っておく」

「大滝…」

「井川には叱《しか》られるとわかっているから、頼まないだろうし。諦めるだろう」

大滝に申し訳ないような気もしたが、井川にもそれが良案のように思えた。井川が何を言おうが、スルーするのが得意な奴らでもある。自分が口うるさく言うよりも、合理的な理由で大滝が断る方が確実だ。

井川は神妙な表情で「すまん」と詫《わ》びた。大滝は苦笑して、謝ることじゃないと言い、井川が話そうとしていたクリスマスイブの予定を聞く。気を取り直して、ケーキとチキンを予約してあるのだと話しながらも、片づいたはずの問題が心の奥にひっかかっているような感覚が抜けなかった。

その日のうちに大滝は、急に仕事が入ってしまってイブの日は都合が悪くなったのだと、真田に連絡を入れた。真田は残念そうだったが、仕方がないと言い、曾根たちにも伝えると請け負ったとのことだった。

それでクリスマスは井川の思い通りに運ぶ手筈《てはず》が整った。翌日の土曜、大滝は仕事に出かけていき、井川も部活動の監督と雑用を片づけに出勤した。学校では曾根たちの姿は見かけず、その夜も現れたりはしなかった。受験勉強に勤《いそ》しんでいるのかどうかは怪しいところだと思ったが、二十五日からは冬休みの補習が始まるので、その時には嫌でも顔を見られる。それまでは曾根たちのことは忘れようと決めた。

のだが…。

井川の胸からはある嫌な予感がどうしても消えなかった。大滝も同じ予感を抱いていたのだと知ったのは、日曜日の午後。買い物に行くと言い、一人で出かけていった大滝が、持ち帰ってきた品物を見た時だった。

「！」

補習用のプリントを作るために家に残った井川は、キッチンでコーヒーを入れている最中だった。大滝に「おかえり」と言い、何気なく彼がカウンターの上に置いた袋を見て、目を丸くする。

「…ケーキ？」

四角い紙袋には洋菓子店の名前があり、大きさ的にもホールケーキだと想像がつく。そして、この時期のケーキといえば…。

「ああ。一日早いけど、二十五日は仕事だし、遅いよりはいいかと思って」

イブは明日で、邪魔者は排除したというのに、大滝がこんなことを言うのは。自分と同じ考えがあるのだとわかり、井川は肩を落として苦笑した。

「大滝もあいつらが明日、来るって思ってたのか」

「井川も?」

「ああ。おそらく…お前の帰る頃を狙《ねら》って」

仕事になったからといって、諦めるような曾根たちじゃない。じゃ、帰ってきてからでいいじゃん。アポなしで行っても大丈夫でしょ。そんな展開になっているのが容易に想像できて、井川は陰で憂えていたのだ。今は嵐《あらし》の前の静けさというやつに違いない。

そんな井川の考えを聞いた大滝は笑って、買い物袋からシャンパンを取り出した。よく冷えたのを買ってきたから、すぐにでも飲めるぞ。そんな誘惑は井川の理性を吹き飛ばす。シャンパンのボトルを冷蔵庫へしまおうとする大滝の背中に抱きつき、甘えるようにして広い背中に頬を寄せる。

「どうした?」

「…俺たちの想像通りなら、明日の夜まで、あいつらは来ない」

「…そうだな」

「それまでは…二人きりだ」

本当は誰に気兼ねすることなく、いつでも抱き合えるはずなのに、おかしな台詞《せりふ》だとは思ったが、制約のある状態の方が燃え上がるのは事実である。密やかな誘惑を耳にした大滝は、腹に回された井川の手を優しく摑《つか》み上げ、背後を振り返った。

「補習のプリントはいいのか？」

にやりと笑って聞いてくる大滝に、井川は答えずに彼の唇を塞《ふさ》ぐ。補習も生徒も。明日までは完全に忘れてみせると心に誓って、情熱的に返してくる大滝との口づけに我を忘れた。


深く咬《か》み合って生まれる快楽の種は身体《からだ》の奥で芽吹き、甘美な愛撫《あいぶ》を糧《かて》に成長していく。蔓《つる》のように全身に絡みつき、恥じらいを奪う。もっと欲しいと直接的な言葉までは吐かずとも、身体の動きで欲望を示すことに戸惑いは感じない。

「…ん…っ…」

キッチンで始めたキスに終わりは見えなくて、シンクに凭《もた》れかかって大滝と舌を絡ませ合っていた井川の身体は、すっかり熱くなっていた。下衣の中で形を変えているものが窮屈に感じられて、脚を動かすと、大滝の手が中心を摑んだ。

「…っ……ふ…」

布地越しに触れられただけでもびくりと身体が震える。井川が鼻先から甘い声を漏らすのを聞き、大滝は口づけを解いて耳元で尋ねた。

「…風呂に行くか?」

いつもならすぐに頷《うなず》くのに、井川は答えずに唇を重ねようとする。大滝は戸惑いつつもキスを続けたが、直接触れてもいいかどうかは迷ってしまった。井川自身が硬くなっているのは明らかで、解放してやりたい気持ちはあるものの、叱《しか》られるのも困る。

そんな大滝の躊躇《ためら》いを読んだ井川は、唇を離して、広い肩に抱きついた。

「…いい」

「……何が?」

「大滝の…好きにして、いい」

自分は何も言わないと小声で続け、井川は大滝の首筋に口づける。いつもあれこれ自分の主張を通してしまいがちなのを、井川自身、反省するところもあった。クリスマスイブ…の前の日だけれど、自分たちにとっては特別な日…の代わりだから、なんでも従うと決めていた。

それと。

「好きだ」

肩に埋《うず》めていた顔を上げ、大滝の目をじっと見つめて告げる。前に「好きだ」と告げたのは、危機的状況を味わった後で、純粋な思いよりも切羽詰まった気持ちの方が、正直大きかった。一度は素直な気持ちを告げられたものの、その後はなかなか口にできないでいた。

でも、クリスマスには必ず。そう決心していた井川が、正面から「好きだ」と言うのを聞いて、大滝は一瞬目を丸くした。驚いた顔はすぐに笑顔に変わる。

「俺も、井川が好きだ」

大滝が同じ言葉を返してくれるのが嬉《うれ》しくて、再び、逞《たくま》しい身体に抱きつく。ぎゅっと抱きしめて、深い溜《た》め息《いき》をついた。大滝が初めて好きだと言ってくれた時、覚悟はしていたものの、衝撃の方が大きくて、「そうか」としか言えなかった。

微妙だった関係が決定的なものに変わっていくことが、恐ろしいような気もして、素直に喜べなかった。今みたいに、心から嬉しく思えてはいなかった。

だからこそ、十年余りが経《た》った今も、一緒にいられるのが余計に嬉しく感じられる。同じ言葉を向けてくれるのも。

「…ん……っ…」

唇を重ねてくる大滝に応《こた》え、深く咬み合うようなキスをする。抱きついていた身体ごと抱え上げられ、キッチンからソファへと連れていかれた。井川の身体を横たえ、その上へ覆い被《かぶ》さった大滝は、激しく口づけながら井川の下衣を脱がせていった。

チノパンと下着を一緒に下ろすと、形を変えた井川自身が現れる。すでに先走りを漏らしているそれを、大滝は掌《てのひら》で包んで優しく根元から扱《しご》き上げる。

「っ……ん……ふ……っ…」

直接触れられるのだけでも感じるのに、淫猥《いんわい》な仕草に翻弄《ほんろう》される。キッチンで長く交わしていたキスでとうに身体は熱くなっていたから、たわいのない愛撫でもたまらなかった。

「ん…っ……あ…っ……やっ」

井川は焦《じ》れったそうに腰を揺らし、空気を求めて唇を離す。

「…嫌か？」

そういう意味じゃないと首を横に振り、大滝の首元に顔を埋める。背中に回した手で大きな身体を引き寄せ、掠《かす》れた声で囁《ささや》いた。

「…すぐに……いきそう…」

「我慢することはない」

苦笑の混じった声で大滝は言うけれど、手で弄《いじ》られただけで達するのには躊躇いがあった。けれど、我慢がきかないのも事実で、少し強めに扱かれた井川自身は顕著な反応を示す。

ぎゅっと握り込まれる刺激を感じ、昂《たかぶ》っていたものはすぐに破裂した。井川が短くこぼす甘い声が部屋に響き、大滝は液を溢《あふ》れさせる井川自身を上から押さえるようにして握り込んだ。

「あっ…」

しまったと思った時には下肢がびくりと震えていた。熱い吐息をこぼし、井川は大滝にキスをねだる。舌を大滝の口内に差し入れ、淫《みだ》らな口づけを味わいながら、達した衝撃が緩んでいくのを待った。

激しく打っていた鼓動が少し落ち着いた頃、大滝が唇を離した。名残惜《なごり》しげに見つめる井川の額に愛《いと》おしげなキスを残して、大滝は横たわっている身体を抱え上げる。背後を向かせた身体をソファの背に凭れかからせるようにして座らせ、脚の狭間《はざま》を後ろから探り始めた。

「…………っ」

わずかに指先が触れるだけでも敏感に感じ取って身体が大きく震える。井川はソファの背に肘《ひじ》を突き、脚を開かせてくる大滝の手に従う。ソファの座面にぺたりと尻《しり》をつけて座れば楽だったが、下には大滝の手があってそうはできなかった。

「…ん…っ……あっ…」

膝《ひざ》で身体を支える不安定な体勢が、皮肉にも快楽を増やす。無防備な状態では耐えるのも難しくて、刺激をダイレクトに受けるしかできない。

「…っ…ふ…あっ……んっ」

井川の吐き出した液で濡《ぬ》れた大滝の指先は、ぎゅっと窄《すぼ》まっている孔《あな》を解《ほぐ》すために淫靡《いんび》な動きを見せる。そっと撫《な》でてみたり、突いてみたり。緩急のある動きに惑わされ、嬌声《きようせい》を抑えることも叶《かな》わなくなっていく。

「あ…っ……ん…っ…あっ…」

指先がゆっくりと中へ埋め込まれてくる感覚に、背中がぞくりと震える。たまらなく感じて大きく息を吐き出すと、大滝が空いていた左手をセーターの下へ忍ばせてきた。

「っ…あん…っ」

腹から胸へと辿《たど》り着いた指が悪戯《いたずら》するように突起をつまむ。昂揚《こうよう》した井川の身体はどこもが敏感に反応していて、胸の突起も硬く勃《た》っていた。人差し指と親指でぎゅっとつまれるだけで全身が震えるように感じ、井川は高い声を上げる。

「あ…っ…やっ…」

同時に後ろに挿入されている指も締めつけてしまう。内壁がざわざわと蠢《うごめ》いているのが自分でもわかり、鼻先から甘い吐息を漏らした。

「…中、すごく動いてる」

「…ん…っ…」

「井川…」

背後から聞こえる大滝の声にもたまらなく感じた。キスのできない体勢であるのが辛《つら》い。口が寂しく思えて、井川は自分の指を口元へ運んだ。

井川の欲望に気づいた大滝は、胸を弄っていた左手を彼の口へ差し出す。井川は大滝の指を望んで口に含み、舌を絡ませた。

「…っ……ん…っ…」

大滝の長い指を舐《な》める行為にも快感を覚えて夢中になる。舌や口腔《こうこう》をフルに使って愛撫していると、大滝自身を口淫しているような錯覚に陥る。

指を舐《ねぶ》るのに没頭している間に、後ろに含まされた指は二本に増えていた。くちゅくちゅと音を立て、内壁を弄る指の動きに支配された身体は、大滝自身を強く望み始める。自らが望む快楽を得るために腰を動かし始める井川に、大滝は低い声で欲望を伝えた。

「井川の中に…入りたい」

「っ…」

耳の底に響く声が全身を震わせる。井川が喉《のど》の奥で「んっ」と音を鳴らして応えると、大滝は口に入れていた指を抜いた。後ろを解していた指も抜かれると、井川はせつなげな溜め息をこぼしてソファの背に凭れかかるようにして蹲《うずくま》る。

大滝はその傍らで服を脱ぎ、井川の隣に腰掛けた。腕を摑んでくる大滝の手を借りて、井川は屹立《きつりつ》している大滝自身を跨《また》ぐような体勢になる。膝立ちになって、上から大滝の頭を抱え込んで唇を塞ぎ、舌を深くまで差し入れながら、濃厚な口づけをした。

「ん…っ……ふ…っ…」

きつく舌を絡ませて、大滝の下腹部に手を伸ばす。しっかりと勃ち上がっているものを掌で包み、その存在感に恍惚《こうこつ》となる。一度、唇を離して息を吐き出すと、自分の手で支えた大滝自身の上へ、身を落としていった。

「っ…あ…っ…ふ…う…んっ…」

自らの重みで身体を開いていく快感はなんとも言い難いもので、井川は微《かす》かに眉《まゆ》をひそめて少しずつ大滝自身を食《は》んでいった。根元まで挿《はい》りきったのがわかると、大きく息をついて、大滝の額に唇を寄せる。

「…んっ…っ……お、おたき…っ」

「…苦しくないか？」

気遣ってくれる大滝に首を振り、井川は逆だと告げる。

「す…ごく、……いい…」

繋《つな》がっただけでたまらなく感じているのだと伝えると、大滝は乱暴に井川の唇を塞いだ。

激しいキスをして、上に乗っている井川を揺らすようにして腰を動かす。

「っ…ん…っ…んっ…ふっ」

下から突き上げられる動きは井川の身体に刺激的な快楽を与え、再び昂っていた井川自身を翻弄する。液が漏れ続けている先端を大滝の引き締まった腹でこすられるのに、すぐに耐えきれなくなった。

「ふ…っ…んっ」

どくんと大きく液が溢れ出した気がしたが、達したのかどうかもわからないまま、突き上げられ続けていた。淫猥な行為の音に紛れて、ソファが軋《きし》む音が聞こえているのにも、快楽に翻弄されていた井川は気づいていなかったが、ふいに動きがやんだのにははっとした。

「っ……！」

それと同時に、身体が宙に浮く感覚を覚え、慌てて大滝にしがみつく。井川と繋がったまま立ち上がった大滝は、苦笑を浮かべて場所を変えようと提案した。

「ソファを壊すとまずい」

「…っ…バカ…」

大滝が真面目に言うのがおかしいのだけれど、笑うに笑えない。大滝が立ち上がったことで、普段は触れられない場所に先端が当たっているものだから、息を吸うだけでもひどく感じてしまっていた。

苦しげに眉をひそめる井川の複雑な心境を誤解して、大滝は心配げに尋ねる。

「嫌か？」

「っ…ち、がう……っ」

ものすごく感じるのだと、口に出して言うのはさすがに憚《はばか》られ、言葉が出てこない。それでも、これ以上はない至近距離にいるのだから井川の心情は大滝に伝わってしまう。繋がっている内壁がひくひくと反応しているのに気がついた大滝は、唇を歪《ゆが》めて笑った。

「…これがいい？」

立ったまま腰を揺らされ、井川はあられもない声を上げた。嬌声よりももっと本能的な部分に近い声は、大滝の欲望をくすぐる。

「さっきの、覚えてるか?」

「っ……ん……なに……っ…」

「好きにしていいって」

言っただろ? と確認してくる大滝に、井川はなんとも言えず、口を真一文字に結んだ。確かに…そう言った。言ったのだが…。

自分の発言を撤回できず、無言になった井川の反応を、大滝はいいように捉《とら》えた。井川の戸惑いを敢《あ》えてスルーし、立ったまま腰を上下に動かし始める。

「やっ…あっ…ああっ」

嫌だとも無理だとも言えず、必死で大滝の身体にしがみつきながらも、井川は強烈な快楽に我を忘れた。普段は意識して抑えている嬌声を上げ続け、不埒《ふらち》な動きに翻弄される。無意識のうちに欲望を解放していた井川自身は、終わりを忘れたかのように昂ったままだった。

「お…たき…っ…」

「ん…っ…」

一際強く突き上げられ、思わず大滝の名を呼ぶのと同時に、熱いものが中に吐き出されるのを感じる。衝撃に眉をひそめた大滝の顔はとても色っぽく見えて、井川はどきりとした。

自分の浅ましさを痛感しつつも、大滝を欲しく思う気持ちは尽きなくて、媚《こび》の滲《にじ》んだ声でもう一度、名前を呼ぶ。

「…大滝…」

「…風呂行って、もう一回」

思いがけず、早く終わってしまったのを悔しがる大滝が、悪戯っぽい笑みを浮かべて言うのに、井川はキスで応える。そのまま風呂場へと運ばれた井川は、何もかもを忘れて、思う存分、大滝とのクリスマスを満喫した。


お腹《なか》が空《す》いたらケーキを食べて、シャンパンを飲んで。大滝が作ってくれるごちそうを食べて。だらだらと至福の一夜を過ごして迎えた、クリスマスイブ当日。井川は午後から、予約していたケーキとチキンを取りに行き、大滝も唐揚《からあ》げやポテトサラダといった、子供が好きそうな料理を拵《こしら》えた。

「…けど、こんなに用意して、あいつらが来なかったらどうする？」

「来る。絶対」

そういう確信があったからこそ、自分の大切な予定を繰り上げたのだ。大皿に山と持った唐揚げを見て、訝《いぶか》しげな表情をしている大滝に、井川は来ないならその方がいいじゃないかと肩を竦める。

「もう一回、大滝とイブができる」

「…そうだな。……太りそうだが」

二人でこの量を食べるのには無理がありそうでも、井川の提案は大滝にとって悪くないものだった。神妙な表情で頷く大滝を見てから、時刻を確認した井川は、そろそろだと口にしてベランダへ向かった。

おそらく、曾根たちは大滝の帰宅時刻を狙って訪ねてくるに違いない。自分たちだけで来れば邪険に追い返されるのをわかっているので、帰宅直後の大滝をつかまえ、どさくさに紛れようという魂胆は見えていた。

なので、ベランダから曾根たちがやってくるのを見張るつもりだった。井川に続いて、大滝も外に出てきて、二人で曾根たちが来そうな方向へ目を凝らす。井川が予想した通り、見張りを始めて十分もしないうちに、四人が歩いてくるのが見えた。

「本当だ」

「だろ?」

伊達《だて》に十年も中学教師をやってない。ふんと鼻先で笑った井川は、呑気《のんき》に歩いてくる曾根たちを眇《すが》めた目で見た。とことん人の言うことを聞かない奴らだ。呆《あき》れた気分で近づいてくる四人を見ていると、大滝が中へ入ろうと促す。寒いベランダから暖かな部屋へと戻りながら、井川は曾根たちに受験生であるのを自覚させるための、口酸っぱい説教をたくさん考えていた。

あとがき

こんにちは、谷崎泉でございます。このたびは「ちゃんとわかってる」をお手に取っていただき、ありがとうございました。楽しんでいただけたことを願っております。

ずっと昔、高校の先生のお話を書いたことがあるのですが、恐らく、学校の先生のお話を書くのはそれ以来になります。今回は中学校の先生で、高校の先生とはまた違った意味で大変そうです。

実際、井川も大変そうで…。大滝が側にいてくれるからこそ、やっていけてるんだろうなと思いながら書いていました。大人に近づいて、道理もわかってきつつ、子供の部分も多い中学生の相手というのは、幅広い視点が必要なんだろうなと思いました。

私はちょうど中学生の頃に身体を壊していたせいもあり、あまり学校に行っていないので中学校での記憶は多くありません。学校外での思い出の方がたくさんあるのですが、今になって思うと、学校にちゃんと通っていたらもう少し違っていたかしら…と（笑）。いえ、変わりませんよね、きっと。

大滝は結構な理想のタイプです。無口で真面目で、男前でよく働いて。鳶職というのも私のツボで、身体を使って働く男はたまりません。井川がとってもうらやましいです。重い記憶を共有している二人ですが、だからこそ、淡々と日々を生きる大切さが身に染みてわかっているのだと思います。

落ち着いたカップルなので、ついラブが遠くなり…。担当さんのリクエストもあって、急遽、ラブを書き足してみました。…が、それにしても、足りないような気がします…。まことに申し訳ありません…（もう…誰も私に期待してないような気もしますが…）。

そして、イラストは陸裕千景子先生です。いつもありがとうございます。今回も素敵に描いていただき、ありがとうございました。ちょっとクールな感じの井川も素敵ですが、大滝の男前ぶりにめろめろしました。いろいろご苦労をかけてすみません。また機会がありましたら、懲りずによろしくお願いします〜。

毎度お世話になっております担当さんにもお礼申し上げます。こうして本が出せるのも、担当さんのご尽力あってこそでございます。感謝しております（マジで）。

現実は必要以上に辛く厳しいことも多く、身近な世界ほど、ファンタジックな内容に見えるかもしれません。それでも、井川みたいにちゃんとわかっていてくれそうな先生がいたらいいなと思って、書いてみました。少しでも心に残るお話でありますよう、密かに祈っております。

晩秋に　　谷崎泉

本作品は書き下ろしです

谷崎泉先生、陸裕千景子先生へのお便り、
本作品に関するご意見、ご感想などは
〒101-8405
東京都千代田区三崎町2-18-11
二見書房　シャレード文庫
「ちゃんとわかってる」係まで。

CHARADE BUNKO

ちゃんとわかってる

【著者】谷崎《たにざき》泉《いずみ》

【発行所】株式会社二見書房
東京都千代田区三崎町2-18-11
電話　03(3515)2311[営業]
　　　03(3515)2314[編集]
振替　00170-4-2639
【印刷】株式会社堀内印刷所
【製本】ナショナル製本協同組合

落丁・乱丁本はお取り替えいたします。
定価は、カバーに表示してあります。

ISBN978-4-576-14155-8

http://charade.futami.co.jp/